Los colores de la guerra

Novela

Juan Carlos Arce
Los colores de la guerra

Premio de Novela Fernando Lara 2002

 Planeta

© Juan Carlos Arce, 2002
© Editorial Planeta, S. A., 2003
   Avinguda Diagonal 662, 6.ª planta. 08034 Barcelona (España)

Diseño de la cubierta: adaptación de la idea original de Enric Jardí
Ilustración de la cubierta: © Robert Capa R./Magnum Photos
Fotografía del autor: © Anna Löscher
Primera edición en Colección Booket: junio de 2003

Depósito legal: B. 19.844-2003
ISBN: 84-08-04837-6
Impreso en: Litografía Rosés, S. A.
Encuadernado por: Litografía Rosés, S. A.
Printed in Spain - Impreso en España

Biografía

Juan Carlos Arce es autor de narrativa y teatro. Ha publicado, con gran éxito entre los lectores, las novelas *Melibea no quiere ser mujer*, *El matemático del rey* y *La mitad de una mujer*. Sobre su estilo, la crítica ha destacado «su aguda exhibición de ingenio argumental, el tono vivo, fresco y paródico», un «acertado manejo de escenarios y personajes», Pilar Castro *(El Cultural-El Mundo)*; y un «uso muy inteligente y eficaz de los artificios narrativos», Juan Ángel Juristo *(ABC)*.

Obtuvo el Premio de Teatro Universitario por su obra *Para seguir quemando preguntas* y ha publicado *La chistera sobre las dunas*. Su obra *Retrato en blanco* ha sido traducida al inglés, editada en Nueva York y estrenada comercialmente en Estados Unidos. Con ocasión de la reposición del montaje teatral, el Ayuntamiento de Dallas le nombró ciudadano de honor y le entregó las llaves de la ciudad. También en inglés y en Estados Unidos ha estrenado *La segunda vida de Doña Juana Tenorio*.

Ha obtenido algunos premios de relato corto y colabora habitualmente con artículos en periódicos.

A José Ruibal, excelente dramaturgo,
amigo mío muy querido.
Por haber sido conmigo como fue.
Con mi agradecimiento y mi recuerdo imborrable

Museo del Prado, Madrid.
7 de febrero del año pasado, poco antes de las ocho de la tarde.

La anciana llegó al comienzo de la tarde y se sentó en el banco estrecho de una sala del museo, frente a un pequeño óleo de Velázquez al que contemplaba fijamente, casi sin moverse. Unas horas después, poco antes de las ocho, una empleada del museo se acercó a decirle que era la hora del cierre. La encontró con los ojos abiertos, el bastón entre las manos, la cabeza ligeramente inclinada hacia un lado y muerta.
La empleada declaró que, sobre las cinco de la tarde, había hablado unos minutos con ella. Recordó que, entre otras cosas, le dijo que había ido al museo del Prado para ver aquel cuadro antes de morirse...

UNO

―

Una curva estrecha en un camino del Ampurdán, muy cerca de la frontera francesa.
Sábado, 28 de enero de 1939, pasada la medianoche.

Mala cuenta había hecho Antonio de los riesgos del viaje, si había echado alguna cuenta. Un espeso panorama de nubes inundaba con agua de diluvio la esquina donde se acaba España, bordes de miedo y lluvia era todo lo que había en el camino borrado por el barro. Después de andar Antonio seis días por el campo, buscándole a los montes sus curvas más oscuras, mediaba ya muy poca distancia para llegar a la última orilla de su tierra, a la difusa raya por donde España empieza el dibujo de su mapa. Muy cansado y empapado de agua y de tristeza, miró a su madre fugazmente y vio que sonreía, como si esa cabeza de anciana, por donde hacía mucho tiempo que la realidad ya no pasaba, pensara que iba de paseo en día de fiesta y no por desmontes, a campo abierto, poniéndose a la fuga. Se estremeció Antonio al pensar que toda la injusticia del mundo había ido a parar de golpe a aquella mujer de ochenta y ocho años que, sin embargo, todavía caminaba mejor que él, a quien las piernas casi no podían sostener. Se detuvo entonces a un lado del sendero, con la absurda idea de descansar un poco, como si un hombre casi inválido pudiera recuperarse de una fatiga interior deteniéndose un momento. Entonces contempló al resto de los fugitivos, la mayor parte soldados heridos, algunos de los cuales no habían recibido aún ni la primera cura. Y vio allí casi un centenar de personas que en mitad de la noche eran perfiles de espectro, visiones de espanto, estantigua desalumbrada. Madres sin aliento, con hijos en brazos, viejos comidos por la angustia, parecían estampa de espíritus en procesión y formaban la imagen de un cordel destrenzado de hombres y mujeres sucios, con vendajes deshechos por la lluvia, ocupando todos peligrosamente un camino que podía ser bombardeado, andando unos, arrastrando los pies otros, desfallecidos la mayor parte. Sabía Antonio que no podía quedarse allí parado más tiempo, bajó la mirada al suelo y continuó andando, ayudado por su madre, que le sostuvo el tiempo necesario para afianzar cuatro o cinco pasos en el lodo. A pesar del frío intenso, de la lluvia, del viento helado, de la corta movilidad de sus piernas y del cansancio, tenía que seguir adelante para llegar a la frontera entre los bordes de miedo y lluvia de un camino borrado por el barro.

Unos minutos antes, a las doce en punto de la noche, Alberto Araque se convertía en sombra según bajaba al sótano del castillo de San Fernando, sólida masa de piedra antigua con silueta de corona, en lo alto de una colina a las afueras de Figueras. Llevaba el soldado puesto en la cara el gesto de desagrado que a esa hora se le hacía cotidiano cuando cubría cada noche ese puesto de guardia para dar custodia y vigilancia a las obras de arte que se escondían en el sótano. Amontonados allí, sin más orden ni cuidado, los cuadros del museo del Prado parecían descansar una fatiga de años, después de brincar de sitio en sitio desde que el gobierno los evacuó de Madrid.

Le venían a menudo a Alberto las ganas de que todas las pinturas depositadas en el castillo, apoyadas contra las paredes, unas encima de otras, desaparecieran para siempre por no ser asunto de guerra y le parecía que el interés de los políticos en esconder y guardar aquellos cuadros convertía a los soldados en ujieres de museo. Pero Alberto no sabía cómo habían llegado allí los lienzos ni cuánta valentía, ni cuánto arrojo, ni cuánto amor había hecho falta derramar en silencio por carreteras y caminos para que él pudiera ahora despreciarlos desde su puesto de guardia.

Alberto no había visto cómo descolgaron los cuadros una noche de noviembre hombres y mujeres que mezclaban con las obras de arte sus brazos y el sudor de su esfuerzo. En la penumbra del agujero subterráneo, entre paredes de colores olvidados, Alberto Araque sólo sabía que los bultos y las cajas que veía contenían las obras del museo del Prado. Pero no se detuvo a considerar que centenares de hombres y mujeres completamente anónimos habían intervenido en el traslado de los cuadros por las tierras de España, poniendo las pinturas fuera del alcance de las bombas, lo más lejos posible del ruido de las batallas, salvándolas del fuego y de las balas. Los lienzos que ahora Alberto Araque contemplaba en el sótano del castillo, atados con alambre, en hules enrollados, embalados en cajas polvorientas, habían sido evacuados de Madrid antes de que las tropas de Franco orientaran su artillería hacia los muros y el techo del museo, habían cruzado el Jarama antes de que el puente cayera al río destrozado por obuses y morteros y habían sido escondidos en Valencia durante un tiempo, hasta que el frente llegó a Levante y amenazó con afogarar los cuadros y convertirlos en cenizas. Fue entonces cuando el gobierno republicano se refugió en Barcelona y ordenó un nuevo traslado de los cuadros. Las pinturas salieron de Valencia antes de que la pólvora y el espanto de la guerra llegara a las márgenes del Turia, atravesaron en decenas de camiones las carreteras hacia el norte y, mal protegidos del polvo, bajo el sol caliente de la costa, cubiertos escuetamente por telas negras, expuestos a la humedad, los cuadros volvieron a ser evacuados saltando en el interior de los vehículos de carga y astillando las puntas de los marcos.

Araque no sabía cómo cruzaron así pueblos y aldeas, huyendo de la línea del frente, dejando en el aire olores a pintura antigua, ráfagas de historia, aromas de cultura. Atardecía cuando los cuadros llegaron un día a Sagunto y dibujaron en silueta sus aristas de madera y sus figuras contra el perfil clásico del teatro romano que contemplaba en ocres de ocaso la estampa terrible de un éxodo obligado, la imagen de un museo desmembrado puesto a rodar sobre carreteras peligrosas, a la fuga de los horrores de la guerra. Por la noche cruzaron Castellón, Benicasim, Oropesa, amontonados unos sobre otros, en el oscuro infinito de caminos bacheados. El castillo de Peñíscola puso fondo de piedra a los azules de Rubens, a los blancos de Zurbarán, a los colores todos que cada artista había pintado en aquellos lienzos que eran entonces más frágiles que nunca. Se destapaba de su tela cobertora un Murillo cuando la hilera de vehículos entró en Benicarló, al mediodía. De pie, en las aceras, hombres y mujeres aplaudían al ver pasar los cuadros sobre ruedas, miraban aquella caravana de arte y a un lado y a otro de las calles se asomaban chiquillos y ancianos a contemplar la evacuación de las obras.

En el sótano donde hacía guardia con desgana, Araque no sabía que en Benicarló retumbaron los motores mientras subían los camiones una calle en cuesta y que allí mismo el azar hizo que la esquina de un balcón bajo chocara con la caja en la que iba embalado el *Dos de Mayo* de Goya. El lienzo se desgarró por la parte superior, cayó al suelo enganchado todavía en los hierros del balcón, se rompió la tela pintada y le abrió dos agujeros. Sobre el asfalto de la acera se rasgaba el cuadro en el que Goya pintó la lucha anónima del pueblo madrileño contra los soldados egipcios de Napoleón, los gestos convulsos de los mamelucos, la violencia de otra guerra española. Fue entonces cuando la madre de un miliciano de Benicarló le arrancó a su hijo la camisa y se acercó al lienzo roto con ella en la mano como si llevara una bandera, pidiendo a gritos que le dejaran coser el cuadro con aquella ropa. Agachada, con las rodillas en el suelo, ponía sobre la pintura la camisa y avisaba a las vecinas para que le llevaran hilo y agujas. Debajo del balcón, entre dos ruedas polvorientas, en mitad de la calle, un miliciano con el torso desnudo tensaba el óleo mientras su madre cortaba la camisa y cosía el trapo sobre las cabezas iracundas de los mamelucos que en el cuadro arqueaban sus sables en la batalla sin héroes que pintó Goya. Pero nadie pintó entonces en Benicarló la imagen plena de intensidad de una mujer que remendaba en la calle una obra de arte con la tela de la camisa de su hijo.

Así llegaron a Barcelona y después a Figueras los cuadros del museo del Prado que Araque custodiaba esa noche en la que hizo con desgana el relevo nocturno. Ocupó el soldado su posición en el sótano del castillo, una gruta que se ahondaba en la tierra varios metros para formar un lugar espacioso con suelo de piedra ya muy gastada y paredes de ladrillo antiguo, como catacumba abandonada. Abovedaban el techo varias líneas de arcos planos que revelaban la estructura interior de una arquitectura casi medieval. Colgadas de alambres y cables de cordón trenzado, apenas cinco o seis bombillas de aspecto milenario amarilleaban el aire y componían la frágil lucería del subterráneo. Una escalera de madera, muy de otro tiempo, estrecha y frágil, apoyada en un muro, conducía a un tragaluz abierto al mismo nivel que el suelo del patio de armas.

Alberto no solía guardar formas militares cuando llegaba allí y tenía puesta en el oído toda su confianza para que no le encontraran tumbado los pocos oficiales que por allí bajaban. Había acomodado en un rincón sin luces un hatillo hecho con retales y papeles donde pasaba el tiempo de guardia despreocupado de su obligación y mirando al techo, al abrigo de una ancha columna en donde ocultaba lo que unas veces era asiento y otras cama. No era ése el ajuar de más sorpresa ni el más oculto en el sótano, porque Alberto había hurtado de la cocina una tela amplísima que convirtió en hamaca cosiéndole dos trozos de cuero para atar a unos salientes de la pared.

Se separó de las cajas, dio la espalda a los bultos y a los embalajes de cartón y subió hasta el último peldaño de la escalera para mirar por el agujero abierto en la pared, puesto casi en el techo y que era como un ventanón de calabozo. Sabía que Teresa iría a verle esa noche y esperaba que, a través de la gatera, pudiese convencerla, por fin, después de tantos intentos, de la necesidad de escaparse juntos de allí, de salir corriendo un día y refugiarse en Francia. Alberto Araque preparó cuidadosamente las palabras que iba a decirle cuando ella se acercara al tragaluz. Aunque los dos ya habían hablado de ello otras veces, a Teresa no se le iba de la cabeza la sensación de que huir era peor que quedarse, por no sabía muy bien Alberto qué conceptos de dignidad y lealtad que a ella se le ponían en la boca cada vez que él le pedía una respuesta.

Apoyó su espalda en una columna que se asentaba entre dos sombras y desde allí contempló, como cada noche, apilados y puestos en montón, los cuadros del museo del Prado, los cuadros que el gobierno había evacuado de Madrid dos años antes. Más de dos años llevaban ocultos y embalados por sótanos y excavaciones, torres y minas, grutas y bóvedas Tintorettos y Tizianos embozados, Goyas y Murillos envueltos, al abrigo de las bombas, como pinturas clandestinas, Velázquez y Dureros con la cara tapada, puestos en mudanza, como bultos de armería, mezclados con la munición, las banderas y las armas, moviéndose de sitio según el gobierno se movía por España, huyendo del frente de batalla.

Una vez más, como cada noche, pensó que no estaba haciendo labor de guerra. Soldados para un museo escondido, carabineros para dar guardia a unos cuadros bajo tierra le parecía a Alberto que era un gasto de hombres que podrían emplearse en las trincheras, dando tiros y ofreciendo resistencia al enemigo. Miró otra vez las cajas que contenían los cuadros y sintió que aquellas pinturas puestas a dormir y casi enterradas eran la estampa del fracaso del gobierno, que llevaba meses puesto en danza, como saltarín de feria y a la huida en una guerra que ya se había perdido. Con una sonrisa que era en realidad un leve gesto de tristeza, se preguntó qué iban a hacer los políticos con sus malditos cuadros cuando las tropas de Franco entraran en Figueras. Temió que unos cuantos soldados enemigos le pasaran a cuchillo allí mismo un día muy cercano y dejaran su camisa de carabinero empapada en sangre y su cuerpo muerto entre los absurdos embalajes que eran como la camisa de cartón que gastaban los cuadros del museo.

Asomó entonces la mirada al hueco del tragaluz y vio a Teresa al otro lado del patio. Según ella se acercaba al agujero por donde él la miraba, iba Teresa agrandando su figura hasta que su talla no cupo en el estrecho hueco del ventano. Situada ya a su lado, Alberto sólo veía sus zapatos. En el juego acostumbrado de cada noche, él sacó al aire sus manos y acarició los tobillos de Teresa para indicarle que estaba allí. Se agachó ella a mirarle y a través del agujero le extendió un puño cerrado para que él lo abriera.

—¿Qué me traes aquí?

—Un beso.

—Dame la otra mano.

—No, que me metes dentro.

—Si no cabes...

—Tengo que irme, Alberto. Salimos ahora mismo a los caminos para atender a los fugitivos que encontremos. Dicen que hay miles de personas subiendo a la frontera.

–Abandonando España, Teresa, para escapar del final de la guerra.

Ella sabía que esa última frase de Alberto era en realidad una pregunta, la terrible pregunta para la que no tenía respuesta todavía y se puso de pie.

–¿Lo has pensado ya, Teresa?

Sin esperar respuesta, Alberto le dijo con una punta de dureza, como si esa fuerza en la palabra pudiera mover las dudas de Teresa, que los días estaban acabándose, que la guerra había terminado aunque nadie se atreviera a declararlo todavía y que era preciso pasar a Francia antes de que fuera demasiado tarde. Con las frases que había estado preparando mientras la esperaba, Alberto intentó explicarle que aquel castillo era la sede del gobierno, un objetivo militar de capital importancia y que cuando llegaran allí las tropas rebeldes, ella y él iban a ser asesinados o puestos en la cárcel para siempre.

–Pero, Alberto, lo que me propones es... –se detuvo Teresa en ese punto sin acabar la frase–. ¿Quieres que me vaya atravesando campos, cruzando carreteras, como una desertora, para poner mi vida a salvo dejando atrás a tanta gente?

–Lo que yo quiero es que nos escapemos de la última batalla.

Ruido de camiones y humo de motores aparecieron en el patio.

–Ahí está mi grupo, Alberto. Tengo que irme ya –le dijo ella, dejando la conversación interrumpida.

Las manos de Alberto se quedaron así repentinamente deshabitadas porque, en vez de acariciar los tobillos de Teresa, apretaron aire, abrazaron nada, como si ella se hubiera desvanecido. Cerró los puños y volvió a mirar al interior del sótano. Vio allí las cajas que vigilaba, miró de nuevo sus manos apretadas y supo entonces con entera certeza que en todos los cuadros del museo del Prado no había dibujada una forma más bella que los tobillos de Teresa.

Saltó desde lo alto de la escalera a un peldaño inferior y desde allí se dejó caer al suelo. Alberto se apoyó en la hamaca, se tumbó luego, despreocupado de su guardia y, mirando al techo, pensó en el modo de ganar la frontera de Francia en cuanto Teresa aceptara irse con él. Era el principal problema salir del castillo con ella sin ser sorprendidos ni cazados luego como desertores. Para ello, ideaba un plan audaz considerando todos los elementos que conocía sobre la seguridad en el interior y afuera del castillo y no supo encontrar una forma eficaz de asegurar la huida.

Una curva estrecha en un camino del Ampurdán, muy cerca de la frontera francesa, amparaba en la oscuridad de la noche a un centenar de fugitivos puestos en hilera y tomados por el miedo. Asomaron a ese senderuelo, repentinamente y sin aviso, las sombras de dos camiones y tres coches ligeros que pusieron en el aire un ruido de motores. Protegidos por lonas y redes, disimulados sus colores con pinturas oscuras, avanzaban en fila, con los faros apagados. Se detuvieron sobre el barro y al camino saltaron, con ademanes de soldado y gesto de piedad, un grupo de enfermeras que viajaban con la reducida escolta de seis fusileros. Organizaron bajo la lluvia, en poco más de tres minutos, el reparto de ropas de abrigo para los niños y los viejos, un puesto de curas y una tela impermeable sujeta con tres postes para albergar bajo techado las intervenciones médicas de más cuidado. Como si la llegada de esta ayuda inesperada hubiera desatado el dolor de todos, se oyeron entonces más que nunca las quejas de los soldados heridos, los llantos de los niños, los gritos de las mujeres, las lágrimas de los hombres más templados. En medio de la oscuridad prepararon, como surgido de la nada, un equipo de socorro y dispusieron agua limpia para lavar la carne enferma. Casi sin hablar entre ellas, iban todas desde los camiones a los bordes del camino, desde el barro a los heridos, de los niños al alcohol, de las gasas a los restos de metralla como si tuvieran aquellos movimientos ensayados para ballet con música de tormenta. Allí, donde España acaba o donde empieza el dibujo de su mapa, carabineros insomnes y enfermeras valientes ponían en el espesor de la angustia manos de amor y caras de sonrisa.

A Antonio le tumbaron sobre una lona para darle a las piernas un fugaz consuelo y mientras le atendían, él sólo pedía que se ocuparan de su madre, que entretenía su demencia con la idea de que allí iban todos paseando a la orilla del Guadalquivir, a ver los toros en la Maestranza de Sevilla.

–¿Cómo se llama? –le preguntó Teresa.

–Antonio.

–Digo que cómo se llama su madre, la que habla de los toros. ¡Mire usted qué divertida está! –insistió.

–Ana. Aunque todos la han llamado siempre doña Ana. Pero eso ya no importa. A mí me han llamado siempre don Antonio. ¿Y usted?

–Teresa.

Teresa Munera, muy intencionadamente, había hecho estas preguntas con sus labios pegados al oído de Antonio y en voz muy alta, para evitar en lo posible que éste escuchara los obuses que en ese momento empezaban a caer demasiado cerca. Pero comprendió en seguida que el fuego de artillería redoblaba el ritmo y que aquel hombre no distinguía ya distancias.

–¿De dónde han salido ustedes?

–Venimos de Figueras. Hay mucha gente por todos los caminos –contestó Teresa.

Y Antonio dejó muy abiertos sus ojos, luchando contra la oscuridad, para seguir viendo aquella cara de mujer joven que no dejaba de sonreírle.

–¿A dónde va usted?

–Ahora a Cerbere. Pero no podré ya ir muy lejos de allí. Me quedaré al lado del mar –dijo Antonio–, tan cerca como pueda de esta tierra, en algún lugar donde se columbre la costa de España desde la distancia dulce.

Una hora después, el grupo de fugitivos reanudaba la marcha hacia el paso fronterizo de Cerbere. Y Antonio puso a andar sus pies y comprendió que la fatiga le ganaba la espalda y los brazos. Miró hacia adelante y decidió dejar abandonada en el camino una pequeña maleta, su único equipaje.

–Si no me hubiera tumbado, aún seguiría con fuerzas. Pero ahora, otra vez de pie –le dijo a Teresa, como disculpándose–, no puedo seguir llevando este maletín.

–Lléveselo. Está usted ya muy cerca de la frontera.

–¿No lo quiere usted?

–¿Yo? Como no tenga algodón, vendas, alcohol...

–Contiene... ya ve usted, papeles. Ni quiero dejarlo aquí ni puedo llevármelo. Quédeselo. Quizá un día pueda usted devolvérmelo en Francia, cuando esta maldita guerra termine.

–¡Qué cosas dice, don Antonio! Vaya usted con él y no lo deje.

Y aquel hombre casi inválido lo tomó con un esfuerzo enorme. Su madre, unos metros más allá, con el pelo empapado en agua de lluvia, se volvía hacia su hijo y, como si quisiera dar un paso de baile, le preguntaba con las manos arriba:

—¿Cuándo llegamos a Sevilla?

Teresa, las demás enfermeras y los soldados subieron a los camiones y a los coches y aguardaron un rato hasta que aquella gente, estampa del infierno, se alejó a pie un centenar de metros. Entonces pusieron en marcha los motores y, de nuevo con los faros apagados, avanzaron por el camino para dar la vuelta. Cuando volvieron a pasar por el lugar en el que habían parado, Teresa vio al borde del camino el maletín abandonado. Sin decir nada, se tiró al barro con ademán guerrero y lo cogió con gesto compasivo. Corrió para alcanzar al camión en marcha, afirmó un pie en el saliente trasero, probó la fuerza de su brazo y se metió dentro, debajo de una lona, con la pequeña maleta manchada de barro que guardaba unos papeles de Antonio Machado.

Pasadas las cuatro de la mañana, Teresa Munera llegó al castillo de Figueras tomada por la fatiga y con sus fuerzas ya gastadas. Pero no encontró un momento que aprovechara a su descanso, porque heridos de bala y de metralla en extremas condiciones se habían desviado hasta allí desde otros muchos caminos y carreteras atestados de gente inerme. Apenas puso un pie en el suelo, le pusieron a un moribundo entre los brazos y en medio del patio de armas vio Teresa morir a un soldado antes de que pudieran atenderle la mordedura de un obús que le había levantado la carne de un costado, tal vez dos horas antes, en un remoto camino de fango cubierto de otros muertos. Miró por todas partes para descubrir en algún sitio el perfil de Alberto y como si sus ojos supieran siempre dónde estaba, le vio con el fusil cruzado en bandolera, las mangas subidas hasta el codo, recortado en silueta sobre un muro. Le bastó verle en la distancia, bajo el cielo anubarrado, tomada la forma de su cuerpo entre dos luces desvanecidas, para darse cuenta de que aquel cansancio con el que había llegado al castillo de Figueras era sólo un sentimiento ya lejano y muy borrado por un ímpetu nuevo. Notó entonces el latido de su corazón empujándola a ayudar en la enfermería y entre aquel horror ya tan cotidiano se le dibujó en la cara una sonrisa como si Alberto fuera la suma completa de todos los amores del mundo. Lo que no sabía Teresa era que a ella la había visto Alberto Araque mucho antes, apenas asomó su cara entre las lonas del camión para saltar al suelo, avanzando su mirada entre el espesor oscuro de una noche de bombas y de sangre. Alberto sintió entonces el alivio de verla viva y, como casi siempre que pensaba en ella, sintió además un dulce temblor muy fugaz en mitad del pecho, sintió la caricia suave que a su corazón le hizo el sonido de su nombre, que acababa de pronunciar en baja voz.

Desde el umbral de la enfermería, Teresa Munera contempló la estampa terrible de la guerra en retaguardia, la imagen imborrable para siempre de un puesto de socorro sanitario en el que había más voluntad de ayuda que medios quirúrgicos y menos algodón que heridas. Se limpió las manos con lo que mejor pudo y llegó al lado de los enfermos para aportar coraje, fuerza y brazos donde no llegaran los vendajes. Y así transcurrió la noche, como otras veces, con el sueño guardado para otra ocasión, las lágrimas contenidas para otro momento, el miedo reducido a una palabra, la vida apareciendo a cada instante entre agujeros de sangre, abriéndole camino a la esperanza, extrayendo balas y sonriéndole al dolor.

A la mañana siguiente, cuando Alberto y Teresa se vieron, no hubo ya tiempo para componer gestos de entusiasmo ni sonrisas de amor. La aviación italiana había estado bombardeando Figueras y los alrededores del castillo. Las bajas civiles habidas en el pueblo y los soldados muertos anunciaban que allí se acababa toda resistencia. Alberto fue más firme que nunca. Mirando fijamente a los ojos de Teresa, apretando los dientes, le dijo:

–Vámonos..., mi vida..., vámonos. Si estamos aquí cuando llegue el enemigo, nos van a separar, Teresa, nos van a separar para siempre.

Y los ojos de Alberto se llenaron de agua que no llegó a derramarse en lágrimas. Ella desvió su mirada, contempló el cielo y permaneció así, sin decir nada.

–Si nos separan, por la muerte o la distancia, dejaremos de vernos para siempre. ¿Cómo se vive, Teresa, sin saber si estás viva, sin ver tu cara, sin acariciar tu pelo largo? Me quitaré la vida antes de que eso pase.

Aquella conversación apresurada entre humo de camiones, voces de soldados, en mitad del general desconcierto de una posición militar que ya no podría resistir muchos más ataques, con la línea del frente a menos de treinta kilómetros, hizo que Teresa y Alberto se miraran por primera vez en muchos meses con ojos desprovistos de esperanza. Ambos estaban hablando claramente del futuro, masticando entre los labios la verdad desnuda. Y Teresa, sin embargo, no podía concebir la idea de salir corriendo hacia la frontera para poner su vida a salvo.

–Muy juntos, Teresa, estaremos muy juntos cuando nos disparen. Pero si no estamos juntos, antes de pensar que te han matado me quito de en medio para siempre con un tiro en la sien.

Así, con esas palabras, que fue diciendo Alberto cada vez en voz más baja, se despidió sin decir adiós, mirando al suelo, dejando allí estremecida y confusa a Teresa, que notó cómo los golpes de su corazón se avivaban en su pecho. Cuando Alberto estuvo a unos cuantos pasos de ella, que seguía mirándole, se volvió y, desde esa distancia, le lanzó un beso con un imperceptible gesto de sus labios y le dijo:

–Podría vivir contigo en el infierno, pero sin ti, Teresa, en ningún sitio.

Entonces volvió a desandar los pasos que había dado, llegó hasta donde ella estaba, quieta, mirándole a los ojos y colocando sus labios muy cerca de su oído, añadió:

–Sin ti, Teresa, todo es infierno.

–Todo es infierno sin el ruido de tu voz.

DOS

—

A las cuatro de la tarde del lunes 30 de enero, la ciudad de Ginebra soportaba una tormenta tenaz y las fachadas de la sede de la Sociedad de Naciones tomaban el tinte gris de un cielo anubarrado. En el interior del edificio inmenso, algunos funcionarios pensaron que Joseph Avenol llevaba esa tarde un gesto de disgusto aún peor que el de otros días. Muchos de ellos nunca le habían visto reír y le tenían todos puesto un sobrenombre que cuadraba al inameno sesgo de su cara. El rostro de Avenol era esquivo, torcido y desconfiado. Llevaba con más fama su carácter escondido, despegado y huraño que sus dotes políticas y encontró un modo de trabajar que desagradaba a sus colaboradores a los que él, por otra parte, consideraba el mayor estorbo. Desde el día en que Avenol fue nombrado secretario general de la Sociedad de Naciones hizo todo lo posible para ir ganando una por una antipatías personales hasta que, apenas una semana después, las hizo unánimes.

Altos cortinajes abiertos enmarcaban los cristales de una balconada en el amplio despacho del secretario general y recortada a contraluz, la silueta sentada de Jacques Jaujard, subdirector del museo del Louvre, parecía entretener una tensa espera. A pesar del ancho escepticismo con el que había llegado a la reunión, componía en silencio una estrategia de último momento para conseguir que Avenol comprometiera a la Sociedad de Naciones en el salvamento del museo del Prado. Se le venían a la mente imágenes de las obras de arte encendidas en llama, trozos de metralla desgarrando cuadros, pinturas perdidas para siempre en combates infinitos y pensaba que era necesario hacer algo para evitar que la guerra llegara a destruir las telas de Velázquez, los cartones de Goya, los cuadros de tantos pintores, ahora sólo protegidos en depósitos improvisados, expuestos al fuego y a las bombas.

Le habían advertido que Avenol era un político mediocre al que se le veían demasiado todas las ataduras de su cargo. Quienes conocían al secretario general de la Sociedad de Naciones daban por cierto que éste buscaría cualquier solución descomprometida por mucho que fuera ineficaz y que todo su talento político consistía en renunciar a los principios. Por eso, cuando los dos hombres comenzaron su conversación, Jaujard trató de hacerle entender la extrema situación en la que se encontraban los cuadros del Prado.

—Como usted comprenderá, señor Avenol, todos estamos obligados a hacer lo que podamos para salvar ese tesoro. Y en primer lugar ustedes, los políticos.

—El gobierno de Franco —señaló Avenol— no se opone a cualquier evacuación, sino a que la Sociedad de Naciones participe en el salvamento. Quiere que lo haga la Cruz Roja. Y que lleven a Burgos las obras de arte. ¿Qué podemos hacer, entonces? El museo del Prado no es de la República, sino de todos los españoles.

A esa misma hora, mientras Jaujard intentaba convencer a Avenol de la necesidad de evacuar los cuadros, Teresa Munera, muy lejos de allí, en el castillo de Figueras, llevaba a la enfermería la maleta que dos noches antes había rescatado del suelo de un camino encharcado de agua y lágrimas. En mitad del patio de armas se encontró con Carlos Sánchez, un soldado del Regimiento de Transmisiones que corrió hacia ella para quitarle de la mano la maleta.

–Tan galante como siempre, Carlos, pero no pesa...

–Por ti sostendría el mundo, ya lo sabes, sólo para que tú pasaras por debajo.

Teresa no se le había quitado a Carlos de la cabeza desde el primer día que la conoció. Había batallado con palabras, gestos y atenciones para torcerle el cariño que le tenía puesto a Araque y no había conseguido de ella más que sonrisas breves y a veces miradas enigmáticas que le animaban a seguir sus pretensiones. Pero era lo cierto que Carlos sabía muy bien que aquella batalla enamorada que iba librando cada día estaba perdida de antemano y que todas sus galanterías, sus frases bien pensadas y todos los esfuerzos que hacía para agradarle estaban condenados al olvido mientras ella quisiera a otro soldado. Aquel día, cuando le sujetó la maleta, Carlos volvió a ver la clara figura de Teresa recortada contra la fachada del patio y volvió a sentir por su cara, por sus gestos, por su voz y su sonrisa la misma atracción suave, el mismo impulso contenido que sentía cada vez que la miraba. La acompañó hasta la puerta de la enfermería y le devolvió la maleta.

–Gracias.

–Hubiera preferido llevarte a ti en los brazos.

—No me digas esas cosas...

A Teresa, las palabras de Carlos y su permanente cortejo no le disgustaban. Al revés, consideraba interesante llevar a la espalda la mirada de un soldado que la llenaba de atenciones y quería enamorarla. Todo cuanto le oía decir le sabía a broma, le endulzaba el momento y le causaba una especie de grata sensación que luego disolvía a solas con una sonrisa, cuando pensaba en él.

Tomó la maleta y entró en la enfermería mientras Carlos se quedaba quieto en el patio, viéndola andar. Sólo estaban allí a esas horas un médico militar que intentaba recobrar el sueño perdido durante la última madrugada y dos o tres milicianas al cuidado de los enfermos. Se apoyó en el borde de una camilla y comenzó a abrir la maleta. Mientras lo hacía, se preguntaba qué tipo de cosas llevan consigo, como último hatillo, como equipaje de urgencia, quienes deciden abandonar su tierra, amparados en las sombras de la noche, refugiándose de la guerra al otro lado de una frontera, huyendo a pie y gusaneando por desmontes apartados. Detuvo entonces sus manos sobre la hebilla de la maleta y desvió su mirada hacia el suelo, sólo por ausentar la vista hacia un punto inconcreto y le vinieron entonces a la cabeza, como otras veces antes, las palabras de Alberto convertidas ya en un ruego, sonando en su mente como una melodía simple y constante. Recordó repentinamente el gesto y la cara de cada una de las sombras fatigadas que había atendido dos noches antes en la curva de un camino, el gesto de Antonio, la clara sonrisa de su madre, ajena a la realidad, el esfuerzo dibujado en el rostro de todos y consideró, por primera vez, que Alberto tenía un punto de razón y que quedarse allí en Figueras, esperando que las tropas enemigas entraran en el castillo victoriosas, arriesgando la vida en los primeros tiros, aceptando la derrota, la cárcel o la muerte, era lo menos conveniente.

Teresa Munera había visto pasar por los caminos cercanos millares de refugiados dirigiéndose a las fronteras con Francia y sabía, como todos sabían, que aquellas multitudes pasaban al raso día y noche, bajo la lluvia helada, con los pies entre la nieve, compartiendo mantas, robándose el abrigo, confiando, deseando, buscando únicamente cruzar la raya fronteriza y dejar España a sus espaldas. Muchedumbres que eran casi el mundo entero convertidas en masa anónima asaltaban trenes, carretas, coches y camiones, congestionaban carreteras y rasaban montes y alturas en escapada, vuelto el rostro y saltando bardales, para alcanzar en pura huida la línea por donde España empieza el dibujo de su mapa.

Y en torno suyo, más allá de la enfermería, en el interior de las anchas murallas del castillo, Teresa Munera no encontraba ya en pie ni armado servicio alguno, sino la sombra inerme de un ejército arrumbado y ya sin esperanza, urgido sólo por el miedo de todos. Al patio se habían sacado archivos, papeles y cajas de cartón que eran como cerros de abandono y no se sabía ya si había allí ministros o habían escapado o si el gobierno estaba en ejercicio o puesto ya a la fuga. Como en mudanza sin orden se arrinconaban carpetas y mapas militares en pasillos y escaleras y se tiraban al suelo bultos y paquetes que a nadie interesaban. El castillo era en todo imagen de desolación y espejismo de derribo.

Más allá, en Figueras, empujados por el avance incontenible y el continuo movimiento de la línea del frente,

coches, camiones y carros tapaban las calles y se apretaban en medio de millares de combatientes, desertores,
paisanos, soldados en retirada, la mayor parte sin armas,
civiles espantados, retrocediendo todos hacia los campos, dirigiéndose hacia el norte en un tumulto sin fin
que hacía de la ciudad un agujero donde se criaban todos los estragos. En comedores colectivos que habilitó la
Intendencia general se devoraron todos los víveres en
un día sólo y la muchedumbre soportó el hambre y el
frío agrupada por miles en cafés, en portales, en salas
convertidas por el sueño en dormitorios donde muchos
se apretaban contra las paredes con el solo abrigo de su
ropa o de algunos retales de mantas militares. Figueras
había perdido ya su silueta y el dibujo de sus calles, hin-
chada por el tumulto de millares de refugiados que no
sabían hacia dónde seguir, que esperaban una indica-
ción, una voz que les condujera a alguna parte.

A Teresa, que había estado esa misma mañana atendiendo heridos y enfermos civiles en un amplio portal
de una calle de Figueras, ya no le quedaban dudas sobre
el final de la guerra. Hacía una semana, apenas siete días,
las fuerzas rebeldes habían tomado Manresa, seis días
antes había caído Badalona, Mataró y Sabadell y se decía
que en esos momentos tropas italianas ganaban Arenys
de Mar. Supo entonces que la guerra había terminado
del todo, completamente, aunque siguieran los disparos. Y que no estaba ya dispuesta a separarse de Alberto.

Pensaba en esto Teresa allí en Figueras, atada a la realidad que veía y tocaba mientras, a esa misma hora, en el
interior de un edificio de Ginebra nunca amenazado
por las bombas, en el despacho lujoso y amplio de un
político mediocre y descomprometido, dos hombres ha-

blaban de guerra y de pintura. Insistía Avenol en su negativa a colaborar en el salvamento del museo del Prado.

–La guerra de España es un asunto interno. La posición de la Sociedad de Naciones es, claramente, la de no intervenir en el conflicto.

–Pero estamos hablando de salvar a Rubens y a Tiziano, a Velázquez, a Goya... –decía Jaujard.

–Durante dos años ha sido el gobierno republicano el que se ha negado a salvar las pinturas. La evacuación que ahora exigen, desesperados, apelando al mundo entero, pudo hacerse en perfectas condiciones y con todas las garantías cuando la propia Sociedad de Naciones lo propuso hace dos años, hace un año, hace seis meses. Y siempre se obtuvo la misma negativa. Ellos querían seguir con el museo del Prado a cuestas, por las carreteras de España, metiéndolo en cuevas y en sótanos, escondiéndolo de otros españoles.

–Pero ahora es distinto. El museo está acorralado, rodeado de guerra por todas partes.

–Para nombrar a los mismos pintores que usted citó, le diré que prefirieron mantener a Rubens en el comedor de Azaña y arrastrar a Tiziano por los cuarteles, enterrar a Goya en cuevas húmedas y arriesgar todos los cuadros de Velázquez. Ahora, cuando sólo les queda un palmo de tierra, cuando es imposible la evacuación, el gobierno republicano intenta que se ponga a salvo el tesoro que ellos mismos no quisieron salvar cuando ello fue posible.

–Ninguna razón, ni siquiera ésa –dijo entonces Jaujard– justifica que podamos abandonar los cuadros.

–¿Qué quiere usted? ¿Qué paremos la guerra un rato y que yo mismo vaya a buscar esas pinturas y las saque de donde las tengan escondidas? ¿Sabe que muchas de ellas están exactamente en la sede del gobierno y que han estado siempre al lado del gobierno? ¿Sabe lo que significa eso? Significa que esas obras de arte se han colocado siempre en un objetivo militar de primera categoría, como si fueran un escudo protector, como si el gobierno pretendiera que realmente las obras se destruyeran.

Ajena a las consideraciones políticas que Avenol manejaba en Ginebra, sin saber que a muchos kilómetros de allí dos hombres que nunca habían estado en España intentaban llegar a un acuerdo sobre los cuadros que ella tenía debajo de sus pies, Teresa abrió la maleta. No había allí más que papeles, muchos de ellos doblados por la mitad y casi todos sueltos, dos cuadernos escolares y un libro de antigua edición. A Teresa le pareció que estaba vaciando la intimidad de un anciano, de un hombre que ella creía mayor de setenta años. Pero al hacerlo, reconoció que cuando Antonio le pidió que se quedara con la maleta, estaba realmente haciéndole un regalo o, tal vez, como pensó al ver los papeles que contenía, entregándole un tesoro que iba a abandonar y que no quería perder del todo. Teresa miró unas hojas escritas a lápiz por las dos caras. Las dejó sobre sus piernas cruzadas y averiguó el contenido de los cuadernos, que abrió por la mitad. Vio allí, a tinta la mayor parte, lo que ella creyó que eran fragmentos de un diario o frases sueltas y varias poesías escritas con letra clara y firme. Se sorprendió después de que la vieja edición manoseada del libro fuera un ejemplar de *Soledades*, escrito por Antonio Machado. Teresa Munera tenía en la memoria todavía algunos de esos poemas que había leído, precisamente unos años antes, en la época en que luchaba en

Madrid, con toda su juventud y todas sus fuerzas contra los movimientos fascistas. Inmediatamente antes del estallido de la guerra, Teresa realizaba actividades modestas pero muy comprometidas a favor de la República, como pintadas en las paredes o redacción y distribución de octavillas y fue en esos meses cuando adquirió conciencia política y leyó uno a uno los poemas publicados de Machado, el poeta republicano al que admiraba. De aquellas lecturas y de sus actividades políticas de izquierda le habían quedado a Teresa los posos del gusto por las ideas republicanas y un sentimiento muy vivo para la defensa de su pensamiento. Cuando la guerra llegó, tomó los hospitales de campaña por trinchera y voluntariamente se fue al frente persuadida de la importancia que todas las contribuciones personales tenían. Envuelta en la bandera de su propia posición política, había cumplido ya dos años de batallas cuando Alberto Araque le propuso la fuga. Era por eso, por sus ideas, por su lucha voluntaria, por lo que se le había hecho difícil aceptar la huida.

Sonrió con cierta nostalgia y se preguntó dónde estaría entonces su libro, su propio ejemplar, el que había leído y subrayado unos años antes, sobre el que sus ojos se habían fijado muchas veces en las rimas y en el que había aprendido de memoria aquellos versos sonoros. En la primera hoja vio lo que parecía la firma de Antonio Machado y movió la cabeza, ilusionada, por tener en las manos no sólo el poemario que tanto amaba, sino precisamente un ejemplar firmado por el propio autor y se preguntó si Antonio, aquel hombre que atendió en el camino, conocía al poeta.

Fue entonces cuando sintió un escalofrío en todo el cuerpo. Antonio..., se llamaba Antonio, el viejo casi inválido que encontró en el camino se llamaba Antonio... Cogió los cuadernos y allí, en la cubierta de cada uno de ellos, con letra amable, clara y precisa, escrito a pluma, vio la firma de Antonio Machado y Ruiz. Entornó los ojos y afirmó entre sus manos los cuadernos. Entonces comprendió que había estado atendiendo a Antonio Machado sin saberlo, al poeta que tanto admiraba.

Se le agolparon de pronto en las manos y en la mirada las ganas de leer esos cuadernos y las hojas sueltas que tenía dobladas sobre las piernas. Pero no tuvo tiempo de hacerlo porque a la enfermería llegó entonces el eco retumbante de una explosión que encendió llamas en la silueta redonda de una torre del castillo. En la muralla de la fortaleza se habían amontonado sin criterio militar cajas de dinamita que estallaron por simpatía con la descarga de una batería antiaérea que acomodaba su posición para mirar al cielo al caer la noche. Teresa guardó con rapidez el tesoro que había descubierto en la maleta y la sacó de allí a carreras cuando escuchó aquel ruido resonante.

Pero ese estallido que volvió a amenazar los muros del castillo, tan cerca del sótano donde estaban los cuadros, no llegó hasta Ginebra, donde el secretario general de la Sociedad de Naciones y el subdirector del Louvre continuaban hablando.

–No le entiendo a usted, Avenol –decía Jaujard en Ginebra. Parece como si estuviera diciendo que la Sociedad de Naciones no hará nada para salvar el Prado.

–Lo que yo digo es que, al otro lado de los Pirineos, no hay intervención posible, sencillamente. Nada puedo hacer. Pero usted solicitó esta entrevista para hablarme de otro proyecto...

–Sí, naturalmente. Se ha constituido un comité internacional formado por los directores de los museos de Estados Unidos, Francia, Bélgica, Holanda, Suiza y Reino Unido. Ante la negativa de los respectivos gobiernos a intervenir en este asunto, el comité, que es completamente ajeno a la política, intentará salvar las pinturas por su cuenta.

–Dígame, señor Jaujard, qué han conseguido hacer ustedes –dijo Avenol.

–Como secretario del comité internacional, he venido a verle para informarle de que nosotros mismos intentaremos negociar con el gobierno español el traslado urgente de todas las obras de arte, que saldrían de España en el plazo más breve posible y pasadas a Francia.

–La Sociedad de Naciones no apoyará ninguna evacuación de las obras a ningún país. Y esté completamente seguro, señor Jaujard, de que ningún gobierno del mundo querrá participar directamente en una solución como esa.

–Ya lo hemos comprobado. De hecho, el comité es, en realidad, algo muy parecido a una asociación de amigos, sin apoyo de ninguna institución política. Pero creemos que lo que está en juego merece cualquier esfuerzo. Lo que no hacen los gobiernos, lo harán los museos.

–Si consiguen sacar de España las obras de arte y trasladarlas hasta aquí, aceptaré guardar los cuadros hasta que la guerra termine. Las pinturas serán custodiadas en este mismo palacio. Pero quiero que sepa, señor secretario del comité, que actúan ustedes solos, sin apoyo político ni económico de la Sociedad de Naciones, que no reconoce ni ampara ni protege a ese comité y que no interviene de ningún modo en el plan. No obstante, si las obras llegan a Ginebra, por no importa qué medios, una vez aquí, las recibiré y las depositaré bajo custodia en este edificio, por ser patrimonio de la humanidad, hasta que la guerra termine.

Jaujard había conseguido, al menos, un lugar con garantías donde poder llevar los cuadros. Todo lo demás, la política, la posición de los organismos internacionales, el equilibrio diplomático, no le importaban a Jaujard, a quien sólo alentaba la idea de salvar las obras de arte de una destrucción segura. Antes de despedirse, el subdirector del museo del Louvre, ya en el umbral de la puerta del despacho de Avenol, dijo:

–Queda usted informado, por tanto, de que el comité internacional hará lo posible por salvar el museo del Prado y traer los cuadros a Ginebra.

–Queda usted informado, señor Jaujard, que cuanto hagan en ese sentido lo harán ustedes solos –repitió Avenol–. Sin ninguna clase de apoyo.

Cuando salieron al pasillo, se despidieron con frialdad.

–Deseo firmemente que tengan ustedes suerte –dijo Avenol.

Unas horas después, por la noche, cuando Avenol cenaba con traje de gala en mesa de protocolo y ceremonia, escuadrones de aviones italianos bombardeaban Figueras, que fue una y otra vez ametrallada desde el aire.

En el sótano, Alberto Araque veía, a través del tragaluz, cómo unos soldados desesperanzados movían dos baterías antiaéreas y las situaban al abrigo de las torres para intentar hacer blanco en los aviones enemigos. No era ya sólo el anchísimo fracaso de la puntería, sino el completo fracaso de la guerra toda, era la completa derrota lo que Araque veía por el agujero. Aquella noche de enero, penetrada de aire helado, ni siquiera había recibido órdenes del oficial de guardia ni había encontrado ya centinela alguno al hacer el relevo, como si en el castillo ya sólo quedara la sombra difusa de un ejército que declina la batalla, como si no hubiera allí más que abdicación y un inmenso miedo a la derrota. Ni era aquello un cuartel, ni la sede del gobierno, ni se estaba defendiendo ya nada en aquel castillo. No había Estado, ni gobierno, ni servicios. En el centro de la guerra, exactamente en el centro del palmo de tierra republicana que quedaba en toda Cataluña, Alberto Araque entendió que ya no se podía atender a otro propósito que no fuera urdir un plan de huida con Teresa. Y así se lo propuso esa misma noche, mientras se preguntaba qué hacía exactamente allí, en el sótano, guardando unos cuadros que a nadie importaban, haciendo guardia cuando ya nada era exigible, manteniendo su posición en un momento en que ya nadie sabía dónde había nadie. Estaba seguro de que, igual que no encontró centinela a quien relevar cuando llegó al sótano, nadie iría a sustituirle al acabar su guardia y confirmó finalmente que no había ya cuadros de mando ni patrullas nocturnas ni organización alguna.

Detrás del ruido de un avión oyó Alberto en el sótano la voz de Teresa Munera, que había bajado hasta allí para verle esa noche de confusión y guerras perdidas. Se besaron largamente, como otras veces se habían besado. Y, sin embargo, esa noche los besos fueron distintos, arropados con un rumor de labios desacostumbrado y dulcísimo. Abrazados fuertemente, como si se tratara de una despedida o de un reencuentro, Alberto y Teresa sintieron cada uno el temblor del otro, como señales de deseo, como efecto del frío, como remedio del miedo, como si entre los abrazos y los besos nacieran entonces palabras nunca pronunciadas y como si aquel silencio fuera, en realidad, el murmullo tan sonoro de todos los amores del mundo.

Teresa avanzó su mano delgada y larga hasta la nuca de Alberto para acariciar luego su espalda y él ató con fuerza su brazo al costado de ella para juntar después su ropa con la suya, estrechando su figura. Con las miradas imantadas y los labios atados, todo se hacía perfil de amantes en las sombras del sótano y eran allí esa noche los dos imagen y silueta de un amor revelado entre la penumbra y la metralla.

–Tu pelo, tu hermoso pelo largo –dijo Alberto.

Durante casi dos horas, los savoyas italianos cruzaron el cielo con una tenaz presencia, arrugando el aire, rayando nubes, anunciando muerte con una torturante estridencia de motores y cuando cesó el bombardeo, Figueras era una ciudad envuelta en humo, una mancha oscura, desamparada y sin más luces que la lumbre de un incendio. En el sótano del castillo, desde donde Alberto había visto la incapacidad de las baterías antiaéreas y donde la tropa era fantasma, el mando una completa ausencia y el orden imposible, Teresa abrazaba todavía el cuerpo de Alberto como si los besos fueran más fuertes que las bombas. Entre el eco de dos detonaciones, ella hilvanó sus labios con los de Alberto, deshiló un botón de su camisa, cosió a su pecho una mano de él, respiró profundamente y dijo:

–Estaría así la vida entera.

–¿En medio de un bombardeo?

–Besándote entre bombas. O en el infierno. Pero besándote...

–Y yo con mis dedos enredados en tu pelo. Cómo me gusta tu pelo largo. No te lo cortes nunca.

Repentinamente, Alberto cambió el tono de su voz:

–¡Vámonos de aquí, Teresa! –le dijo bruscamente.

Ella había aceptado ya esa tarde, mientras abría la maleta del poeta, que Alberto tenía razón. Le abrazó entonces con más fuerza y guardó silencio durante un tiempo. Al cabo, le dijo:

–Vámonos...

Alberto respiró hondamente, le cogió las manos y se deshizo del abrazo.

–¿Estás segura?

–Estoy. Pero... –dijo Teresa, renunciando a continuar la frase.

Sin embargo, tenía que decirlo. Teresa tenía que contarle a Alberto sus verdaderos sentimientos, la contradicción íntima en la que se había instalado.

–Pero –continuó– irme sería huir en el peor momento, abandonar cuando más falta hace que todos estemos aquí, resistiendo a los fascistas.

–¡Los fascistas...! ¿Qué más nos dan fascistas o no? A mí me da igual quién gane esta maldita guerra. Lo que me importa somos tú y yo y déjate de ideas y de fascismos...

Teresa le miró sin comprender lo que acababa de escuchar.

–A mí me da igual la política y las estúpidas ideas. Que luchen los políticos por las ideas. Todos son iguales. Estamos a este lado porque la guerra nos cogió en esta zona. Y no hay más.

–Yo sí lucho contra los fascistas, Alberto. Yo sí pertenezco a un bando –le dijo Teresa, muy despacio, para dejar claro el mensaje–. Pero comprendo lo que dices –le mintió.

Volvió a besarle. Y sus manos volaron de nuevo hasta la espalda de Alberto en un abrazo que desordenó las palabras y se prolongó en silencio.

–Y me iré contigo –añadió ella.

–¿Estás segura?

–De quererte.

Varios minutos antes, el bombardeo había cesado.

–Pero no me has dicho de qué modo piensas que podremos salir –añadió Teresa.

–Te contaré un secreto. Los camiones sanitarios en los que montas cuando vas a atender heridos tienen en el suelo del volquete una lámina de hierro que cubre un hueco interior situado entre las dos ruedas traseras. En esa caja de metal, oculta y vacía, cabe el cuerpo de una persona. Si quitamos los tornillos del panel de hierro, podemos introducirnos en el agujero y cerrar después el hueco con la lámina. Pero...

–¿Pero...?

–Sólo cabe una persona.

–¡Y hay dos camiones!

TRES

Dos camiones militares transportaron al castillo las sillas que habían recogido del cine de Figueras. Era propósito del gobierno celebrar allí una reunión de las Cortes como si la guerra no les rodeara, como si no estuvieran ya perdidas todas las batallas, como si hubiera algún acuerdo político que adoptar. Dispusieron las sillas en las caballerizas del castillo, debajo de los arcos de ladrillo y tierra, entre la arena y la paja de las cuadras. Cerca de sesenta diputados se sentaron en ellas poco antes de las diez de la noche. Faltaban allí cuatrocientos diputados más, algunos de los cuales estaban en la zona nacional, otros habían salido fuera de España y otros habían sido tiroteados, asesinados o muertos en el transcurso de la guerra. Se miraban todos escépticos, huidizos, con la seguridad de que aquella sería la última vez que se sentaran juntos, con la sensación torturante, extraña y decisiva de que aquella iba a ser la última sesión de las Cortes españolas, precisamente en las cuadras de un castillo catalán, en los sótanos desabrigados y fríos de una fortaleza que muy pronto sería ruina.

Fue una reunión sin importancia, testimonial, en la que todos tenían prisa por terminar, por irse, por cruzar la frontera, por desaparecer de la guerra, por dejar de ser diputados en la ultimísima hora de la guerra. Al lado de las caballerizas, en los sótanos más desgastados, apenas custodiados, se amontonaban los cuadros del museo del Prado temblando ante la batalla inminente, cayendo unos sobre otros cuando las bombas mordían el castillo, moviéndose sobre los marcos, a saltos, cada vez que los aviones rasgaban el aire o aparecían en el cielo. Y todo era aquella noche en el castillo de Figueras un mundo subterráneo, una España soterrada mantenida apenas en pie por debajo de la tierra. El museo del Prado y las Cortes españolas reunidos fuera de su sitio, con el absurdo paisaje de unas catacumbas como fondo, escondidas las Cortes y el museo en el vientre de la tierra, en los bajos de una fortaleza que era ya cada vez menos fuerte y más vulnerable. Allí estaba hundida España, en las cuevas excavadas del subsuelo, allí estaba España entera, el gobierno, las Cortes, los diputados y todo el arte del museo del Prado, en un sótano contiguo a los establos, en un agujero soterraño que ya no bastaba para proteger las pinturas. El cielo de la bóveda donde se guardaban los cuadros se había agrietado esa mañana, cuando un escuadrón de la Legión Condor ametralló el castillo desde el aire. Desconchadas y sin resistencia, las paredes del depósito donde se amontonaban las obras de arte amenazaban derrumbarse sobre los lienzos en cuanto se produjera un nuevo ataque.

El ministro de Estado, Julio Álvarez del Vayo, había visitado las catacumbas al mediodía para inspeccionar la situación de los cuadros. A su juicio, el museo del Prado, atado, oculto entre embalajes, metido en cajas, podía saltar en mil pedazos con una sola bomba que acertara sobre el techo castigado ya del sótano que lo cobijaba torpemente. Álvarez del Vayo, periodista, ministro, hombre de amplísima cultura, hablaba tres idiomas cuando fue nombrado embajador en México después de salir de la cárcel en la que lo había metido Primo de Rivera. La República le había hecho ministro dos veces y la guerra le había llevado a Figueras con la responsabilidad de mantener las relaciones exteriores del gobierno y la custodia del museo del Prado. Allí, en presencia de los cuadros apoyados en paredes sin resistencia apenas, escondidos de las bombas pero puestos a riesgo, pensó Álvarez del Vayo que el museo entero podía arder en llama viva y lamentó que ningún gobierno hiciera nada para salvar las pinturas de un desastre seguro.

Esa noche, en la reunión escuálida y triste de unas Cortes fantasmales constituidas entre restos de cebada, escondidas del cielo catalán rasgado por aviones enemigos, Álvarez del Vayo repasaba con inquietud las últimas noticias de la guerra. Habían caído unas horas antes Vic y Tossa del Mar, en un avance incontenible de las tropas golpistas y a pocos kilómetros de Figueras llegaban ya los sublevados en tromba sin encontrar resistencia alguna. Sabían todos aquella noche que ya apenas se combatía en los campos ni en los pueblos, que la retirada de las fuerzas republicanas, la ruptura de las líneas de defensa y la huida de todos hacia los pasos fronterizos permitía al enemigo acercarse a Figueras sin remedio y atenazar al gobierno en un palmo de tierra. Las ciudades caían sin resistencia y sin combate apenas: Tarragona, Barcelona, Mataró, Sabadell, una tras otra, Manresa, Badalona, Arenys de Mar, día por día, Vic, Tossa, Berga, Tordera...

Las Cortes de la República murieron esa noche en las caballerizas de un castillo catalán.

Al término de la sesión, con los diputados en pie, algunos de ellos subiendo las escaleras que les llevaban al patio, otros despidiéndose entre sí, tal vez para siempre, Álvarez del Vayo salió al patio de armas y se entretuvo unos momentos en conversación con Timoteo Pérez Rubio, encarando ambos el viento helado de la madrugada.

Pérez Rubio era pintor de lápiz y pincel, hombre por completo ajeno a la política pero antifascista convencido. Había sido el responsable de evacuar el museo del Prado desde Madrid a Valencia y desde Valencia a Figueras. Jefe de la Junta Central del Tesoro Artístico, lucía en la cara un bigote estrecho, una cabeza sin pelo apenas y opiniones liberales. Se había ocupado de catalogar las pinturas y de proteger los cuadros y era el hombre que mejor sabía cómo trasladar los lienzos del museo de un lado a otro. Pero ya no tenía ningún sitio a dónde poder llevarlos.

–¿Cómo se llama? –le preguntaba Pérez Rubio a Vayo.

–Jaujard. Se llama Jacques Jaujard –contestó Álvarez del Vayo.

–¿Y cuándo llega?

–Mañana mismo. Pero Timoteo..., no podemos dejar que se lleven los cuadros así como así. Detrás de Jaujard no está Francia ni la Sociedad de Naciones ni la Oficina Internacional de Museos. Detrás no hay nadie. ¡No hay nada! Sólo una especie de comité... –explicó el ministro sin saber terminar la frase.

–Tampoco podemos dejar aquí los cuadros. Ni un día más.

–Pero yo no entregaré el museo del Prado más que a la Sociedad de Naciones, que es el organismo internacional que debe intervenir en el salvamento.

–Ministro –decía Pérez Rubio–, la Sociedad de Naciones no intervendrá ahora como no lo hizo hace un mes, cuando reclamamos su apoyo. Estamos solos. Nos han dejado solos a ti, al gobierno, a la República y al museo del Prado. A nadie importan ya ni nuestras ideas ni nuestros cuadros.

–¿Qué podemos hacer? –preguntaba Vayo al aire y a la noche, sin esperar respuesta.

–Pensar en las generaciones futuras, en los pintores, en el arte, en la cultura. Pensar, ministro –decía Pérez Rubio– en que esos cuadros son más importantes que la República y que esta maldita guerra. Evacuarlos urgentemente a donde sea, donde puedan preservarse.

Hizo una pausa Pérez Rubio y se atrevió a continuar después con un ruego.

–Al menos, recibe a Jaujard. Al menos, permite que explique su plan.

–He visitado esta mañana el depósito del sótano. Las paredes se han rajado. Hay grietas en la bóveda. Este castillo va a saltar por los aires uno de estos días... y van a morirse los Velázquez, los Tiziano y los Goyas para siempre –dijo Álvarez del Vayo mirando al suelo, sin saber qué hacer, visiblemente nervioso, comiendo con los dientes el extremo gastado de un cigarro.

El ministro de Estado se alejó de allí, casi hablando solo, con la mirada baja, como si llevara en los hombros una carga irresistible. Atrás, en el patio de armas, quedaba el recuerdo de la última reunión de las Cortes, el estampido de los aviones bombarderos, la caída de ciudades y pueblos, el avance de las tropas rebeldes que estaban a punto de rebasar completamente la sierra de Montseny.

La guerra toda quedaba atrás aquella noche de despedidas y de adioses. Para los diputados, para muchos jefes y oficiales y para algunos miembros del gobierno, lo que importaba entonces no era sino saber administrar la derrota, saber perder la guerra. Y en eso pensó Álvarez del Vayo aquella noche. Y también en el salvamento de las obras del museo del Prado. Sabía el ministro que a la mañana siguiente iba a recibir al secretario general de un comité internacional que se había constituido para ese fin. Pero entregar los cuadros a personas comunes, a una asociación, sin respaldo oficial y sin el apoyo de la Sociedad de Naciones, le parecía poco menos que imposible. Tan imposible como mantener los cuadros en Figueras hasta que el avance de la guerra prendiera fuego a los lienzos.

A las diez de la mañana, en el despacho de Álvarez del Vayo, Timoteo Pérez Rubio esperaba con el ministro la visita de Jaujard.

–Y viene como secretario general de un comité formado por directores de museos de varios países. Figúrese, Rubio, que han tenido que ser los museos mismos y no los gobiernos los que se interesen por el salvamento. ¡A la República la han abandonado ya en todo el mundo!

El artista veía en la actitud del ministro un punto de derrota y sus palabras sonaban como una melodía de decepción. Pocas veces había visto Pérez Rubio a Vayo tan preocupado por el salvamento de los cuadros. Hasta entonces, los refugios habían cumplido su misión y los cuadros se habían conservado al amparo de los ataques, fuera del alcance de las bombas. Pero ahora, Figueras mismo era atacada cada día y el castillo no resistiría en pie mucho más tiempo. No había lugar donde enviar los lienzos ni sitio donde protegerlos porque había sonado ya la hora final.

A las doce de la mañana, provistos de un salvoconducto, llegaron al castillo de Figueras, desde Perpiñán, Jacques Jaujard y otro miembro del comité internacional, Neil McLaren, conservador adjunto de la National Gallery, a quien el Foreign Office había enviado para intervenir en las conversaciones como observador.

En el despacho de Álvarez del Vayo, con la presencia de Pérez Rubio, los dos miembros del comité explicaron al ministro que todos los gobiernos se abstenían de realizar cualquier operación de salvamento y que sólo ellos, a título individual, como representantes de los museos a los que pertenecían, pero sin apoyo diplomático ni gubernamental de ninguna clase, habían conseguido imaginar una forma de trasladar los cuadros a Ginebra. Álvarez del Vayo les dejó hablar mientras iba ensimismándose en una actitud taciturna y silenciosa, como si lo que oía le disgustara profundamente.

—El señor Avenol, secretario general de la Sociedad de Naciones —señaló Jaujard—, me ha dicho que tiene las manos atadas.

—¡Atadas! —replicó el ministro—. Atadas por Hitler y por Mussolini. ¡Toda Europa se desvive para no molestar a los fascistas! La Sociedad de Naciones ha olvidado a la República, nos ha dejado perder la guerra y ahora quiere que se pierdan las pinturas. ¿Cómo es posible que no nos ayuden ni siquiera a salvar el museo del Prado?

Después de esta pregunta a la que no dejó que nadie respondiera, Vayo mantuvo una actitud de fuerza y exigió la intervención directa de un organismo internacional que garantizara el éxito de una evacuación urgente.

–Ustedes, los responsables de los museos y los pintores no son más que funcionarios. Permítame que le diga, señor Jaujard, que ustedes no saben que ésta es una decisión política. Para ustedes, lo único que importa es sacar de España los cuadros. Pero para mí, para el gobierno, lo que importa es dónde van las pinturas, a quién se entregan y cómo se devuelven. Sobre todo, cómo, cuándo y a quién se devuelven. Yo tengo que mirar más lejos que ustedes.

Pérez Rubio medió en la discusión intentando poner en claro en la mente del ministro la compleja idea de que el museo del Prado entero podía arder en cuanto una o dos bombas acertaran a caer sobre los cuadros.

–¡Naturalmente, Rubio, naturalmente! Ya sé que hay que evacuar el museo –decía Vayo en dos idiomas–. Pero no puedo entregar los cuadros a un grupo de particulares que se han asociado sólo para llevarse el museo a Suiza. ¿Qué pasará luego? Yo no salvo mi responsabilidad sacando de cualquier manera los cuadros de este castillo. El museo es de todos los españoles, es patrimonio de la Humanidad entera pero es, sobre todo, una responsabilidad del gobierno. Y el gobierno español tiene la obligación de custodiar el museo y de protegerlo aquí en España y detrás de todas las fronteras.

–¡No va a protegerlo dejándolo aquí! –intervino airadamente Jaujard.

–¡No se protege entregándolo sin garantías de devolución! –contestó Vayo–. ¿Cómo piensan ustedes que el gobierno va a entregar los cuadros a un comité recién creado que no cuenta con ningún apoyo oficial ni político? ¿Quiénes son ustedes?

–Los únicos que estamos intentando hacer algo por

el museo. Si espera que un solo gobierno europeo tome a su cargo esa labor o si cree que Avenol va a cambiar de opinión, está usted muy equivocado –dijo Jaujard, con tono muy alto, entrando en el asunto como si tratara de proteger algo que considerara suyo.

–El problema esencial es la garantía de la devolución. El gobierno –dijo Vayo– tiene la sensación de que una evacuación como la que plantean supone la completa pérdida de control sobre los cuadros y sobre el museo entero. Y en esas condiciones, el museo no se moverá de donde está.

Esas palabras del ministro sonaron en el despacho como una declaración terca y absurda. Todos sabían que, a esa hora, las tropas nacionalistas avanzaban por campos y aldeas en una penetración sin resistencia, en unos días de guerra en los que no se combatía apenas y cuyas operaciones militares consistían, del lado republicano, en dejarlo todo, en romper las líneas, en retirarse hacia el norte abandonando puestos, armas, posiciones y esperanza, y del otro lado, en empujar el frente hacia adelante, en avanzar, ganando tierra al ritmo incansable de un kilómetro cada cien minutos, en una dramática desigualdad militar.

A las doce y media de la mañana, el acuerdo parecía imposible. Escéptico y desanimado, Jaujard intercambió con McLaren unas palabras en voz baja, mientras Vayo y Pérez Rubio intentaban imaginar un modo de evacuar el museo sin entregar los cuadros a un comité extranjero sin garantías. Pérez Rubio veía que las negociaciones estaban fracasando y que la obstinación del ministro podía hacer que las pinturas se quedaran allí para ser destruidas en muy poco tiempo.

—El riesgo que corren los cuadros –se atrevió a decir Pérez Rubio– nunca ha sido mayor. No disponemos ya de tiempo. Hay que sacar los cuadros ahora mismo o llegaremos tarde.

Pero Álvarez del Vayo no rectificó su postura, lamentó no poder llegar a un acuerdo y, a pesar de la urgencia con la que le solicitaban una decisión, propuso una nueva reunión para la tarde del día siguiente. Se amparó en que debía hacer consultas con el presidente del Consejo de Ministros, en que debía pensar más sobre el asunto, en que no podía, en ese momento, acceder a una entrega de las obras sin apoyos internacionales.

Cuando McLaren y Jaujard salieron del despacho, habían perdido la esperanza de conseguir del gobierno español un acuerdo que permitiera el traslado.

—Prefieren ver arder los cuadros –dijo Jaujard en el coche que les conducía a Perpiñán–. Avenol tenía razón. Siempre se han negado a cualquier evacuación. ¡Los españoles...! ¡Los españoles le harán un agujero de diez siglos a la Historia del Arte!

Solos, Pérez Rubio y Álvarez del Vayo se miraron a los ojos, preguntándose sin palabras si al día siguiente quedaría algún cuadro entero que trasladar.

—Yo sé, Rubio, que ellos obran de buena fe. Pero, dígame. ¿A quién devolverán los cuadros? ¿A qué compromiso real puede llegar un gobierno con unos simples directores de museos?

Teresa Munera leía los papeles de Machado. A la vista de aquella maleta abierta, del asa que la mano del poeta había tocado, de la letra minuciosa y clara de Antonio Machado, Teresa no conseguía evitar una amplísima emoción. Pensaba que no podía ser el azar sólo el que hubiera puesto esos papeles y el libro entre sus cosas. Se trataba, naturalmente, de una señal del destino. Si no fuera así, ella podría haber atendido a otras personas aquella noche, o podía Machado no haber abandonado la maleta en una curva del camino, o podría haberla ella dejado en mitad del barro. Sin embargo, a Teresa le gustó pensar que los hechos habían sucedido de manera coordinada y que una clave mítica y superior, que no podía comprender, hubiera ordenado las cosas, las circunstancias y los tiempos para hacer que el libro de antigua edición propiedad del poeta acabara entre sus manos y para que los papeles, apuntes, versos y poemas sin terminar pararan ahora entre su propia ropa, entre las pocas cosas que tenía, en una maleta que ya consideraba suya. Pero, mirando las tapas de los cuadernos, consideró también que ese mismo destino, que había dispuesto a su favor la suerte de un encuentro fortuito con el escritor, podía haber decidido encomendarle la misión de devolverle los papeles. Machado le había dicho, cuando quiso entregarle la maleta, que quizá pudiera devolvérsela un día en Francia, cuando aquella maldita guerra terminara. Recordó que el poeta le había dicho eso y comenzó a pensar que, en realidad, ahora que ella guardaba sus papeles, aquel encargo que recibió como una broma se transformaba en un ruego auténtico. Decidió entonces Teresa que, al cruzar la frontera con Alberto, para cumplir con la voluntad del escritor y para tener la suerte de volver a verlo, debía llevarse esos papeles y devolvérselos.

Cuando, esa tarde, Teresa le dijo a Alberto que tenía

una maleta llena de literatura que quería llevar al otro lado de la frontera, el soldado se alegró de que ella llevara puesta en la voz y en la cara esa emoción desbordada con la que le había contado que atendió sin saberlo a Antonio Machado y que ahora tenía dos cuadernos suyos, papeles sueltos y un libro con su autógrafo.

–En Francia le devolveremos sus cosas y su maleta.

–No sabemos dónde está.

–En Francia, al lado del mar, desde donde se vea todavía la costa española. ¿No te dijo eso? ¿No vamos a ir allí?

Teresa levantó su mirada y la dejó prendida en el aire.

–Muy cerca de la frontera y mirando al mar...

–Allí le encontraremos –dijo Alberto– y nos encontraremos nosotros y nos besaremos y olvidaremos la guerra y las balas... y nos tendremos uno al otro.

–Muy cerca de la frontera y mirando al mar...

CUATRO

Burgos amaneció entre brumas heladas. El invierno de febrero traía escarcha y humedad a las márgenes del río. El cielo gris, cargado de nubes, el viento frío, los árboles sin hojas, ateridos, como dormidos, las calles casi vacías. Con las primeras luces del día sonaron las cornetas militares en el edificio de Capitanía general, sede del gobierno. Se izó la bandera nacional y una banda amarilla entre dos rojas ondeó en mitad del aire glacial, sujeta a un mástil entelerido. Humeaban las bocas de los soldados en las garitas friolentas y se criaba el hielo en las culatas de los fusiles. Como cristal de espejo, restos helados de nieve dormida a la sombra de unas tapias, niebla y humedad en el gris del aire como anticipo de toda luz. Y rumor de viento acerado, penetrante, helado y cruel entre las calles.

En el segundo piso de Capitanía, una foto enmarcada del general Franco presidía el despacho de Francisco Gómez Jordana, que paseaba de un lado a otro de la estancia con un telegrama en la mano. Gómez Jordana había luchado en Cuba y en Marruecos, donde volvió con el nombramiento de embajador. Hombre aficionado a la literatura, había sido ministro de Primo de Rivera

53

y puesto en la cárcel por la República. La guerra le había llevado a Burgos con el grado de teniente general, ministro de Asuntos Exteriores y vicepresidente del gobierno. A sus sesenta y tres años, arañado en alambradas y herido en las trincheras en tres continentes, contemplaba, sin embargo, la guerra civil desde un despacho y sobre unas botas marciales de tacones sonoros. Con la espalda recta y la barbilla alta, en sus ojos se fijaba una mirada inteligente por donde habían pasado ya todas las estrategias militares, una mirada que había abarcado los desiertos africanos y las costas de mar cubano entre brillos de machetes y fusiles. Debajo de la gorra levantaba Jordana una frente ancha por donde en otro tiempo sudó fiebres de soldado y concibió planes de ataque y defensa. Vestía Jordana el uniforme ajustado a un cuerpo erguido, cruzado con correajes de cuero negro y lucía en el pecho medallas que eran como trozos de su memoria puestos en metal redondo.

El teniente general Jordana, conde de Jordana, caminaba por su despacho, un amplio salón con dos lámparas de cristal que iluminaban los cuatro rincones de la habitación cuando recibió al coronel Arias, escueto hombre delgado que sostenía unas gafas ligeras sobre la atalaya de su nariz ganchuda y afilada. Entre las sienes casi despobladas de pelo asomaba una frente vertical que ponía ángulos y aristas a su perfil de griego antiguo. Metía su cuerpo flaco y sin carnes en un uniforme que le vestía como a esqueleto en movimiento y parecía en todo un hombre hecho de alambres.

Jefe de la inteligencia militar del gobierno de Franco, Arias había desmantelado en la ciudad dos emisoras de radio clandestinas y se decía que era el responsable directo de la política de asilos y canjes que el gobierno venía llevando a cabo desde el principio de la guerra. Mucho más político que militar, organizó el asalto a la embajada de Chile y había impedido, siempre desde la sombra, siempre desde la mesa de su despacho, que muchos republicanos abandonaran la zona nacional a través de los consulados y representaciones diplomáticas extranjeras. Manejaba una red de confidentes y espías muy útil para el desarrollo de la guerra y tenía el secreto de las claves más escondidas de un tupido grupo de agentes que trabajaban para el gobierno de Burgos.

Arias leyó los últimos informes de que disponía sobre la negociación que estaba teniendo lugar entre el gobierno republicano y un comité internacional para la evacuación de las obras maestras del museo del Prado.

–Es decir, Arias, que los rojos, además de haberse llevado el museo como si fuera suyo, arrastrando los cuadros durante toda la guerra, quieren ahora completar el robo sacando de España las pinturas.

–Como se llevaron el oro del Banco de España –añadió Arias–. Pero aquello fue más difícil todavía. Recuerde, mi general, que tuvieron que atravesar en barcos todo el Mediterráneo y llegar hasta Odessa para situar en Moscú muchas toneladas de oro amonedado y en barras.

–Sí. Esto es bastante más fácil. Les basta con llevar los cuadros a la frontera francesa. Supongo que al frente de todo está Álvarez del Vayo...

Arias afirmó en silencio, moviendo la cabeza. Con la mirada, le pedía al ministro que tomara alguna decisión. Y Jordana, de pie, paseando por el despacho, mirando al suelo, aceptaba que la situación era políticamente muy difícil.

–Hemos llegado demasiado tarde, Arias.

El coronel volvió a afirmar con la cabeza.

–Si los rojos sacan de España los cuadros, con mucho movimiento internacional y mucha prensa extranjera, precisamente ahora que nuestras tropas llegan a Figueras, parecerá que los están salvando de nosotros, como si no quisiéramos otra cosa que destruirlos –razonaba Jordana.

–En los últimos días he considerado una posibilidad para evitar que se lleven el museo al extranjero. Pero no es buena, mi general. Se trataría de crear una zona neutral junto a la frontera francesa donde depositar las pinturas.

–No, no es buena idea. Usted sabe como yo que si se crea una zona neutral en zona roja se meterán allí el gobierno y las tropas. Y pondrán los cuadros delante de ellos, como escudo. Tampoco podemos plantearnos un rescate militar porque los comunistas incendiarían los cuadros antes de que pudiéramos darnos cuenta.

–El museo del Prado no les interesa más que como medio de presión internacional. Tratan de llamar la atención en todo el mundo con el cuento de que vamos a destruir los cuadros si seguimos atacando.

–¿Tiene usted idea de lo que pasaría si nuestra aviación destruye la pinturas? –preguntó Jordana sin esperar respuesta. No nos quitaríamos esa losa de encima ni en doscientos años. Sería el mayor error de la guerra. Ya sabe usted, Arias, que en este mundo puede matar usted un millón de personas y ser un héroe de guerra, pero no puede rasgar un Velázquez sin ser condenado para siempre. Entre el arte y la vida, esa peste de intelectuales desocupados eligen siempre el arte...

–Esta batalla habrá que ganarla sin balas.

–Tiene usted razón, Arias. Hay que ganarla en la prensa de Europa.

Jordana se sentó delante del coronel.

–Para empezar –continuó el ministro– habrá que decir que si los rojos tienen los cuadros rodeados de guerra es porque ellos los han robado y los han puesto allí. Quiero ese titular en la prensa de medio mundo, Arias. Ocúpese también de que se sepa que apoyamos la evacuación de las pinturas para evitar su destrucción. Pero nos oponemos a que vayan a parar a la sede de la Sociedad de Naciones, ese organismo dominado por los comunistas que se ha negado a reconocer a este gobierno. ¿Entiende?

–Sí, señor.

–Preocúpese, sobre todo, de que los gobiernos sepan y la prensa internacional recoja la idea de que estamos preocupados por el salvamento, que queremos la evacuación, que somos los primeros en lamentar la situación... Todas esas palabras, ya sabe... Pero ocúpese de que recojan también la firmeza del gobierno en negarse a colaborar con los enemigos de España.

Jordana levantó la vista y la dejó prendida del techo. Arias se levantó de su silla y se dirigió a la puerta del despacho.

–El mundo nos está mirando, Arias. Han hecho del museo del Prado una cuestión internacional... ¡Maldita sea! –lamentó el ministro.

A las tres y media de la tarde, un Ford T de color negro, procedente de Perpiñán, traspasaba las puertas del castillo de Figueras. Desde la frontera francesa, Jacques

Jaujard y Neil McLaren habían viajado por una tierra en guerra para negociar con el gobierno español un traslado urgente del museo del Prado. Les recibió el ministro Álvarez del Vayo con el mismo gesto con el que les había despedido el día anterior y en esas facciones sin cambio adivinaron Jaujard y McLaren que la opinión del ministro no había variado.

El político intentó, una vez más, presentar con claridad sus inquietudes. Se trataba de hacer la entrega de las obras de arte a un comité internacional integrado por directores de museos cuyo único interés era sacar los cuadros de España. Pero para Álvarez del Vayo, lo más importante no era la evacuación, sino el retorno de las pinturas.

–Ustedes –explicaba el ministro– sólo quieren sacar de España los cuadros. Con eso cumplen lo que llaman su misión histórica. Pero el gobierno necesita, además de sacarlos, tener garantías de la devolución. ¿Es tan difícil comprender esta idea, señores?

Jaujard intervino entonces para asegurar que el comité sólo podía llevar las obras a Ginebra y dejarlas depositadas en la sede de la Sociedad de Naciones.

–Avenol custodiará los cuadros –decía– y los devolverá al terminar la guerra.

–¿A quién? ¿A Franco? –preguntó, airado, Álvarez del Vayo–. Los cuadros están ahora a disposición del gobierno y deben seguir estándolo cuando salgan de España.

Entre preguntas de alcance y respuestas necesariamente cortas transcurrieron los primeros minutos de la entrevista.

–Esta guerra que se acaba por momentos –continuó el ministro– va a llevar a Franco al poder. ¿Va a devolver

Avenol los cuadros a un gobierno fascista? ¿No se da cuenta? ¿Vamos a entregar el museo entero a los fascistas como regalo por ganar la guerra? En esas condiciones, las pinturas se quedarán aquí, donde están.

Esta última frase hizo que los presentes torcieran el gesto. Incluso Pérez Rubio, que entendía la posición del político español, se inquietó en su asiento y decidió intervenir para acercar las posiciones.

–Yo sólo sé –dijo– que los cuadros van a ser destruidos para siempre si continúan en Figueras un día más. Están bombardeando el castillo cada vez con más precisión. Vayan donde vayan, se queden donde se queden, lo que importa es salvarlos para las generaciones futuras. Se devuelvan a quien se devuelvan, lo importante es salvarlos.

–Usted dice eso porque no tiene la responsabilidad de entregarlos, Rubio. ¡Claro que es importante la devolución! ¿Saben ustedes –preguntó Vayo– qué pasará si los cuadros van a parar al gobierno fascista? Franco ha contraído deudas enormes con Italia y Alemania. Y entregará a Goya al Führer y a Mussolini para pagar los gastos de la guerra. Eso pasará. Y el responsable no será Avenol ni serán ustedes. El responsable de eso seré yo por no calcular los problemas de la devolución.

Jaujard miró a los ojos del ministro. Se levantó de su silla y, avanzando el cuerpo por encima de la mesa, acercándose casi ofensivamente a la cara del ministro, dijo:

–Escuche, señor ministro. Me encuentro en zona de guerra, en un país extranjero, arriesgando por segunda vez mi vida, una fría tarde de febrero por esos cuadros, por el arte, por el museo y no por la maldita política. La devolución se hará al gobierno de España cuando termine la guerra. ¡Se lo he dicho en tres idiomas! Y no podrá ser de otra manera.

–Y yo le digo –contestaba Álvarez del Vayo, incorporándose de su asiento y acercando también su cara a la de Jaujard, en actitud de abierta discusión– que los cuadros deben devolverse a este gobierno. ¡A este gobierno! ¡A este gobierno y no al de Franco!

Después de una pausa muy breve, recuperados para la calma, volvieron a sentarse.

–Aunque sea prematuro hablar así, ustedes son los vencidos. No se puede devolver el museo del Prado a un gobierno que no existe, ni siquiera a un gobierno en el exilio, porque un gobierno en el destierro es una ficción política –dijo entonces Jaujard.

Hubo un silencio que sabía a pura derrota. Álvarez del Vayo esquivó entonces la mirada de todos y recibió el comentario terrible de Jaujard con un gesto difuso, a medio camino entre la comprensión y la ofensa. En ese momento, la conversación pareció perder el tono, deshacerse en el aire, desaparecer.

–Créame, señor ministro –añadió Jaujard– que si no acepta el plan de evacuación, usted se convertirá en el hombre más famoso de la Historia del Arte. Ni siquiera Nerón llegó a tanto.

–Entiendo la situación mejor que nadie –declaró Álvarez del Vayo, hablando muy pausadamente, como si ya no tuviera fuerza para articular más palabras–. Ni puedo dejar aquí los cuadros ni puedo entregarlos. Así que, por tanto, se espera de mí una decisión histórica... –meditaba, como absorto en sus propios pensamientos.

La tarde se adensaba en colores de metal con el sol cayendo en las montañas. Se apagaba en negros el brillo azul de un cielo sin nubes. La sombra recta de una muralla cortaba en diagonal el suelo del patio de armas como presagio de una noche todavía por llegar, pero muy cercana. Se cargaba el aire con el peso de brumas y nieblas húmedas sobrevenidas de improviso. Al castillo llegaba, desde remotas cumbres, un viento helado y sonoro.

Álvarez del Vayo guardaba un silencio estremecedor. Finalmente, se puso en pie.

–Señores: el gobierno acepta la evacuación de las obras de arte a Ginebra –dijo con solemnidad–. Y sólo admite ese traslado si son devueltas a la nación española, única propietaria del tesoro artístico, cuando la paz se restablezca, sea cual sea su gobierno.

Hizo una pausa y comprobó que todos entendían que había tomado una decisión muy difícil.

–Debe, por tanto, redactarse un acuerdo –continuó entonces– que contenga con claridad esa condición.

El despacho de Álvarez del Vayo ganaba sombras de penumbra según el sol bajaba al horizonte.

En ese momento se escuchó en el cielo el ruido de los motores de la aviación italiana. El bombardeo se inició de nuevo sobre Figueras y muchas bombas cayeron entre el castillo y la ciudad. Se rompieron los cristales del despacho del ministro y los soldados comenzaron a disparar al aire con las baterías antiaéreas, ficción bélica que aportaba a la situación sólo el sonido de las balas y ninguna eficacia real. Los aviones paseaban por el cielo en un ballet mortal y mecánico que despreciaba cualquier defensa. Una bomba impactó en una muralla y la metralla llegó hasta el patio del castillo. Álvarez del Vayo, Pérez Rubio, Jaujard y McLaren temblaron ante la posibilidad de que aquella fuera la última hora de todos y también la de los cuadros. La situación parecía no tener peor momento y no se registraron entre los muros más que temblores, desgarros y roturas. Los cuatro salieron del despacho y, desde allí, a oscuras, anteponiendo manos, como fantasmas, alcanzaron puertas y huecos por donde bajar al sótano en donde protegerse del ataque. McLaren y Jaujard creyeron perder allí mismo la vida y el ministro se protegió entre dos sacos terreros que ni tenían posición precisa ni servían de salvaguarda.

Pasaron treinta y ocho minutos entre el rugido del primer avión y la última bomba. A las siete en punto de la tarde, salieron los cuatro al patio mirando al cielo, humeando las bocas por el frío y temblando por el miedo. Reconocieron entonces, sin hablarse, que la evacuación de los cuadros era más urgente que nunca y que debía llevarse a cabo a más tardar al día siguiente. Sin luces, dañada la central eléctrica, el castillo era una sombra inmensa en mitad del campo, las murallas temblaban todavía y allí, en aquel lugar bombardeado estaban los cuadros del museo del Prado librándose a la suerte de ser alcanzados y destruidos por una esquirla, un rescoldo, una llama, librándose a la suerte de las lumbres de la guerra.

Álvarez del Vayo recompuso su figura y se quitó del rostro las señales del miedo.

–Que venga Marín –ordenó.

Miguel Ángel Marín, asesor jurídico del ministerio, se presentó a tientas en el patio de armas unos minutos después. Vayo le informó de la decisión de evacuar inmediatamente los cuadros del museo y le encargó que redactara un documento que sirviera de acuerdo formal entre el gobierno y el comité internacional.

–Tiene usted veinte minutos.

Marín se estremeció. Pero guardó silencio en ese instante. Mandó que le llevaran allí mismo una máquina de escribir y trató de advertirle al ministro, mientras tanto, que veinte minutos eran pocos para redactar cualquier acuerdo y que, en cualquier caso, ese acuerdo concreto era jurídicamente imposible.

—El comité internacional no tiene personalidad jurídica, no existe. Es como firmar un acuerdo con la gente que pasa por la calle.

—¿Qué quiere decirme, Marín?

—Que no sé a quién entregamos los cuadros. Además, el depositario, ese tal Avenol, no va a firmar. Eso es absurdo. Se compromete la voluntad de una persona que no participa en el acuerdo...

—¿Cree usted que a mí esta noche me importa mucho el Derecho, Marín? Haga lo que le digo.

Cuando el asesor recogió la máquina de escribir que le habían llevado, miró con estupor a los que allí estaban y el semblante se le llenó de enigmas. La figura patética de Marín, encargado de redactar un acuerdo imposible y sin base legal, con la máquina de escribir en los brazos, de pie, como a la espera de las instrucciones de un ministro que allí hablaba como un emperador romano que dictara a la Historia los acontecimientos, parecía en todo el dibujo en caricatura de un hombre cuerdo entre desjuiciados o de un prudente al que miraran con asombro hombres airados.

—Tome nota —dijo Vayo sin entretenerse en valorar la situación—. Depositario: Avenol. Destino: Ginebra. Los gastos: por cuenta del comité internacional. El gobierno renuncia a reclamar por los daños que pudieran sufrir las obras...

Se detuvo el ministro cuando vio que Marín sólo le miraba, con la máquina de escribir pesándole en los brazos, quieto, sin hacer anotaciones, convertido en sombra en mitad de la oscuridad de la noche. Vayo tensó el gesto, apretó las mandíbulas y los puños y dijo:

—¿Tengo yo que hacerlo todo?

Se separó del grupo y con dos o tres zancadas se acercó a un Opel parado en el patio, giró la llave de contacto y encendió los faros.

—Ya hay luz, señores. Ya hay luz para escribir. ¡Lo que no hay es tiempo!

A la luz casi desvanecida de los faros de un Opel antiguo comenzó a teclear Marín sobre un papel, convertido de asesor ministerial en sacristán de amén, mientras los demás contemplaban la creciente convulsión oratoria de Vayo, que continuó diciendo:

—El gobierno renuncia a reclamar por daños... Avenol extenderá un recibo cuando se le entreguen las obras. Ese recibo supone la obligación de devolver los cuadros, cuando la paz sea restablecida, al gobierno de España para que permanezcan como bien común de la nación española. Figueras, viernes, tres de febrero y siguen las firmas. Marín, redacte el acuerdo con sus cláusulas y deje a un lado lo que sepa de Derecho.

Recortada en negro la silueta de Miguel Ángel Marín, tecleaba el asesor apoyando la máquina de escribir en sus rodillas, al lado de Pérez Rubio, que le asistía por no dejarle solo en aquel trance. Álvarez del Vayo intentaba adoptar una postura de autoridad al lado del Opel, junto a McLaren y Jaujard, que se retiraban unos pasos para que el ministro pudiera mirar en soledad la estampa triste que componían dos hombres agachados escribiendo un documento que afectaba al patrimonio de la Humanidad. El viento helado, el frío intenso, la noche inabarcable y oscura y la sola luz de unos faros encendidos en medio del castillo apagado y sin electricidad componían la imagen del desastre y de la prisa, de la urgencia y de la primera línea de guerra, la pintura negra de unos hombres que ponían a sus caras la impresión de la derrota y la palidez del miedo.

—Hemos tenido suerte —le dijo McLaren a Jaujard en confidencia.

—¡Mantener el Prado aquí es un delito! —contestó entonces Jaujard en voz muy alta, como si quisiera que todos le oyeran, casi en un grito.

Y le oyó el ministro y, acumuladas todas las tensiones por la negociación, el bombardeo, el frío, los nervios y la espera, dijo Álvarez del Vayo:

—¡Sublevarse es el delito, señor Jaujard! ¡No soy yo el rebelde en esta guerra, ni el que la ha empezado, señor Jaujard! ¡Esto es lo que hace el fascismo, señor Jaujard! ¡Y aquí, señor Jaujard, aquí los gritos los doy yo solo!

El silencio se hizo poco a poco más espeso. Y largo. Y en el aire sonaron las palabras de Álvarez del Vayo como la orden de más autoridad que se hubiera dado en toda la guerra.

—Lea usted el acuerdo, Marín. ¡Y léalo ahora!

El asesor terminó de escribir una palabra sobre el papel arrugado, se incorporó sobre sus pies, alargó los brazos hasta los faros del Opel y leyó en voz alta lo que había escrito. A las siete y veinticinco de la tarde, noche cerrada en Figueras, los hombres reunidos en el patio del castillo estaban en condiciones de firmar un compromiso. Sin más certeza que la de haber pactado la evacuación de las obras de arte en condiciones extremas, Álvarez del Vayo apoyó los papeles en el metal helado del coche y estampó su firma al pie de los dos originales. Jaujard lo hizo después y, seguidamente, como testigos, firmaron McLaren y Pérez Rubio. El ministro guardó su copia, se retiró sin despedirse, a pasos largos, hacia ningún sitio, envuelto en pensamientos contradictorios. Los miembros del comité internacional salieron del castillo unos minutos después, en dirección a Perpiñán. La evacuación había empezado.

CINCO
—

A esa hora, muy lejos de allí, Burgos era una ciudad desabrigada, fría, pintada con grisuras de tormenta. Febrero había llevado a las calles un aire que arrastraba nubes bajas y un rocío obstinado que cubría los campos de escarcha. El invierno se agarraba con hielo a las fachadas y el cielo ya nunca era azul. En el edificio de Capitanía general, el ministro Jordana conversaba con el coronel Arias, jefe del servicio de inteligencia militar. Los dos hombres hablaban del modo de impedir una operación de envergadura que el gobierno republicano pensaba realizar en Suiza. La inteligencia militar había recibido mensajes cifrados de agentes infiltrados en zona enemiga que revelaban un plan secreto para conseguir armas con las que resistir el empuje del avance nacional. Y en el centro de todo, una vez más, como si la guerra estuviera definitivamente anudada a las pinturas del museo del Prado, se encontraba un cuadro. Jordana no podía creer que en esa ultimísima hora de la guerra tuviera que dedicar tantas horas de trabajo y tantos pensamientos a un puñado de obras de arte, como si la política y los asuntos militares hubieran cedido al empuje de una fuerza que torcía todas las atenciones hacia cuadros y pintores. Por su parte, Arias había intervenido hasta ahora en operaciones secretas de rango muy diverso, pero tampoco podía acertar a comprender cómo en los últimos días todo se había convertido en un paisaje de lienzos. En el transcurso de la conversación que ambos hombres mantenían, era Arias quien intentaba convencer al ministro para que aceptara la realización de un plan que impidiera que el gobierno republicano volviera a rearmarse. Pero nunca había visto el coronel a Jordana tan indeciso como aquel día. El ministro se rodeaba de largos silencios y de dudas casi infinitas antes de pronunciar cada palabra.

–¡Robarle un cuadro a los rojos en plena evacuación! –se asombraba Jordana. Eso es imposible, Arias. ¿Cómo se le ocurre pensarlo?

El coronel sabía muy bien que aquel plan suponía muchos riesgos. Pero no encontraba un modo mejor de impedir la operación que los republicanos estaban preparando.

–Es difícil –le contestó al ministro–. Pero no es imposible. Teóricamente, podemos robar el cuadro hoy mismo o mañana como muy tarde.

–¿Cree de verdad que puede robarle un cuadro a los comunistas para que un agente nuestro lo lleve a Suiza y lo venda allí haciéndose pasar por republicano?

–Señor, ahora mismo, los rojos no tienen armamento, ni dinero, ni oro, ni nada que ofrecer salvo el maldito museo. Y eso es lo que están haciendo.

Jordana se levantó de su silla y se acercó a la ventana. A través de los cristales contemplaba los árboles negros, casi desnudos, las ramas retorcidas, despobladas, cubiertas por el hielo delgado en el que se convertía la humedad.

–Volvamos de nuevo a mirar la situación con calma –dijo el general–. ¿Qué es lo que ha conseguido saber, Arias?

El coronel cruzó sus piernas, ajustó el cuerpo al respaldo de la silla y tocó su barbilla con la mano.

–Como usted ya sabe –dijo–, disponemos de un agente dentro del castillo de Figueras. Sus informes advierten de que el enemigo ha pactado la entrega de un Velázquez por el que recibirán un cargamento de armas.

–¿Tiene usted confianza en ese mensaje de nuestro agente?

–Completa.

–Así que, además de sacar los cuadros de España, los comunistas quieren vender uno de ellos en Suiza a cambio de armas.

–En Berna. Los rojos han estado en contacto con Salomon Salinger.

–¿Y quién es ese Salinger?

–Un viejo tiburón de los negocios sucios, un intermediario en el mercado del arte. Es la única persona en Europa capaz de negociar con cuadros, con armas, con cualquier cosa... Se trata de un delincuente de altos vuelos que ha hecho su fortuna con negocios ilegales.

Según el agente de Burgos en Figueras, el plan del gobierno republicano consistía en llevar a Berna un cuadro de Velázquez, donde Salinger lo compraría a cambio de enviar armas a España. Pensaba Arias que el traslado del armamento no podía hacerse más que por mar y hacia alguno de los puertos que los republicanos controlaban todavía, quizá Alicante o Cartagena. Para evitar que el enemigo recibiera las armas, Arias había ideado un plan arriesgado y quizá demasiado audaz. El coronel planeaba adelantarse al enemigo pactando con Salinger antes de que el enviado republicano llegara a Suiza con el cuadro. Trataba de explicarle a Jordana que si un agente nacional se hiciera pasar por la persona que Salinger esperaba, precisamente por el agente rojo con quien pensaba hacer el trato, ese agente, fingiendo ser republicano, convendría con Salinger el puerto y la ruta del barco de modo que las armas pudieran ser interceptadas por la Marina nacional para que nunca llegaran a poder del enemigo.

–Salinger se quedaría con el cuadro y enviaría las armas por la ruta que nuestro agente le indicara. Creería haber negociado con los rojos pero, en realidad, nos habría entregado las armas a nosotros y no a ellos.

–Su plan me parece muy arriesgado, pero debemos hacer todo lo posible para evitar que los rojos se rearmen.

Había dicho esto Jordana con tono de convencimiento. Miró al techo, respiró profundamente y clavó sus ojos en los de Arias.

–¿Tiene usted idea, coronel Arias, de lo que pasaría si el enemigo consigue ahora esas armas? Hace más de un año que los rusos no les venden ni un fusil. Están agotados, a las puertas de la rendición. Militarmente vencidos. Y, sin embargo, quieren armas. ¿Sabe usted para qué?

El general Jordana había hecho esa pregunta sin esperar respuesta. Antes de que Arias contestara, el ministro continuó hablando.

–Yo se lo diré, Arias. Los rojos saben que no pueden ganar la guerra. Por eso quieren alargarla. Quieren armas para alargar la guerra.

–¿Qué consiguen retrasando el final? ¿Más sufrimiento? ¿Más sangre y más dolor?

–Coronel, no le quepa a usted duda de que el enemigo quiere alargar la guerra para meternos de lleno en otra. Para conectar esta guerra con la guerra europea, que ya parece inevitable. Piensan que si el mundo estalla en armas, recibirán ayuda de las democracias, la ayuda que ahora no tienen.

Arias comprendió muy bien las palabras de Jordana.

–Si en Europa estalla el conflicto –dijo–, esa guerra durará lo que quiera Alemania que dure.

–O no, Arias. O no. Será una lucha general y completa entre las democracias y los fascismos. Y los comunistas tienen la esperanza de vencer cuando cambie el paisaje. Están luchando contra el tiempo. Seis o siete meses más. Eso quieren. Aguantar hasta agosto o setiembre para que esta guerra sea parte de un conflicto general.

Arias advertía que la conversación iba derivando hacia problemas de política internacional, lo que consideraba de la mayor importancia, pero dejaba en el aire el asunto de la venta del cuadro. Para volver a centrar el diálogo y para obtener de Jordana la aprobación de su plan, el coronel dijo:

–No nos queda mucho tiempo para evitar que Salinger reciba el cuadro.

El ministro volvió a considerar lo que Arias le decía.

–¿De qué cuadro estamos hablando?

–Nuestro agente dice –contestó el coronel– que se trata de la *Vista del jardín de Villa Médicis, en Roma*. Un Velázquez pequeño, de dos palmos de largo.

–Claro, un cuadro pequeño para facilitar el transporte. Podrían llevarlo a Suiza en un bolsillo...

–Pero nuestra información es incompleta. Velázquez pintó dos cuadros pequeños con el mismo título. A uno le llaman *El mediodía* y al otro *La tarde.* No sabemos de cuál de ellos se trata. Y esto, que parece un problema es, precisamente, la clave del plan.

—Le seré sincero, Arias. Me parece una locura. Pero, cuéntemelo otra vez, coronel.

Una vez más, Jordana le pedía que repitiera lo que ya había dicho, como si intentara con eso acostumbrarse al sonido de la idea.

—Sabemos que los rojos tienen que llevar el cuadro a Berna. No podemos impedir esa operación porque no sabemos quién traslada el cuadro, ni cuándo, ni por qué medio. Ni siquiera sabemos de cuál de los dos cuadros se trata.

—Y usted propone que nos adelantemos al enemigo.

Arias asintió con la cabeza. Después, volvió a hablar.

—La única manera —dijo— de interceptar la operación es meterse dentro de ella para entrar en contacto con Salinger antes que ellos. Desplazaremos un agente a Berna que fingirá ser el enviado rojo delante de Salinger. Le entregará el cuadro que espera y convendrá con él una ruta y un destino para el barco que nosotros podamos interceptar en el mar. Y las armas nunca llegarán al enemigo.

—El problema es que no tenemos ningún cuadro que entregarle a Salinger.

—Para llevarlo a Berna, los rojos tendrán que separar *El Jardín de Villa Médicis* del resto de los cuadros que están siendo evacuados. Y tendrán que hacerlo antes de llegar a la frontera francesa. Nosotros haremos lo mismo. Les robaremos el Velázquez en plena evacuación.

Aunque el ministro estaba dispuesto a aceptar la propuesta de Arias, no evitó decir lo que pensaba.

–El plan es muy complicado.

–Pero no hay otro ni tiempo de inventarlo –contestó el coronel.

–Está bien... –concedió Jordana–. Pero hay algo que no acabo de entender. Si los rojos ya le han ofrecido a Salinger un cuadro concreto, ¿qué ganamos robando otro? Ese intermediario suizo no espera cualquier cuadro, sino el que le han ofrecido.

–*El jardín de Villa Médicis* no es un cuadro concreto. Son dos. Ambos llevan el mismo título. Salinger pensará que es un mero error de identificación en las negociaciones.

–Una jugada maestra. Pero...

Se detuvo en ese instante el ministro, sin acabar la frase, como si hubiera encontrado una objeción.

–Pero los rojos –continuó– seguirán con su plan. Quiero decir que habrá, de todos modos, un republicano que vaya a Berna para entregarle un cuadro a Salinger. ¿Qué pasará cuando eso ocurra?

–Si el agente comunista llega después que nosotros, Salinger ya nos habrá entregado las armas. Pero si llega antes que nosotros... todo este plan no habrá servido de nada.

–Entonces, no pierda tiempo, Arias. No pierda tiempo.

SEIS

El acuerdo firmado en el castillo de Figueras para la evacuación de las pinturas del museo del Prado señalaba que el transporte hasta la frontera se realizaría en camiones franceses aportados por el comité internacional. Y era cierto que el comité había conseguido reunir casi cincuenta vehículos pesados que esperaban, alineados, al otro lado del paso fronterizo de Le Perthus. Pero ninguno de ellos se puso en marcha esa mañana. El camino hasta el castillo de Figueras estaba siendo ametrallado desde el aire con más tenacidad que nunca. El general Jordana intentaba así ganar tiempo para impedir la evacuación. Los aviones bombardeaban las carreteras y obligaban a las largas filas de refugiados a esconderse en las montañas. Escuadrones aéreos tiroteaban desde el cielo la corta distancia entre Figueras y la frontera. Había conseguido Jordana que esa zona fuera castigada obstinadamente desde la primera luz del amanecer. En Burgos, no sabía muy bien el militar si esas acciones de ataque convenían a su propósito de retardar el traslado. Pero era cierto que su intención genérica era dificultar las comunicaciones entre Figueras y la frontera. Jordana estaba convencido de que si retrasaba el transporte de los cuadros los ponía a riesgo seguro y que podían ser alcanzados tanto en el castillo como en las carreteras. No sabía Jordana si esa actitud era aconsejable, pero mantuvo la orden de patrullar los caminos desde el cielo y disparar a camiones, convoyes y personas que transitaran por ellos. Con esto, el general intentaba que los cuadros permanecieran en el castillo de Figueras sin poder ser transportados hasta que la suerte permitiera a las tropas nacionales apoderarse de ellos en una acción militar que estrechara las defensas ya mermadas del enemigo y forzar con ello un acuerdo de permanencia del museo en territorio español.

A las diez de la mañana recibió Álvarez del Vayo una llamada telefónica de Jaujard que, desde Perpiñán, le informaba de la situación.

–Los conductores no quieren cruzar la frontera. Tienen miedo.

Poco más pudieron hablar Jaujard y el ministro porque, después de unos ruidos agudos, se perdió la voz primero y se interrumpió la comunicación después, que resultó desde entonces irrecuperable por los daños que las líneas telefónicas habían recibido. Pero esa breve conversación sirvió para que Álvarez del Vayo supiera que no iba a disponer de los vehículos que el comité internacional le había prometido.

Los bombardeos eran continuos, la aviación sobrevolaba el castillo y soltaba su carga en los alrededores, en Figueras, en las carreteras y los campos, en los caminos vecinales, entre los árboles que aún no se habían quemado. A veces, los aviones mudaban en el cielo su posición para señalar sólo su presencia y cambiaban luego el rumbo para aparecer después, como si bailaran encima de sus objetivos. Los cuadros del museo del Prado temblaban con cada bombardeo, se movían, se balanceaban cuando retumbaba la tierra, algunos caían al suelo y recibían luego el polvo de las paredes desconchadas y las salpicaduras de la tierra.

Álvarez del Vayo supo entonces que aunque el acuerdo para la evacuación había sido firmado, era demasiado tarde para salvar las obras y cerró los ojos en su despacho cuando colgó el teléfono, reconociendo que, sin camiones, no había traslado posible. El ruido de la guerra estaba demasiado cerca de la frontera como para que los conductores franceses aventuraran sus vidas en el rescate de las pinturas. Las tropas rebeldes, con auxilio en el cielo de aparatos de combate alemanes e italianos, cercaban Figueras, empujaban la posición del frente hacia el norte, inutilizaban los caminos, ametrallaban refugiados, impedían cualquier movimiento, encerrando en una porción de tierra la última línea de defensa republicana. Y en el centro mismo de una pequeña franja de paisaje, en la mitad exacta de un palmo de terreno catalán, las obras de arte temblaban con cada desgarro del aire, con el rugido infinito de cada avión.

Antes de dar la orden, la terrible orden, Álvarez del Vayo lo meditó mucho, considerando que se acercaba el final de la guerra, el aplastamiento completo de Figueras, la última hora de la Historia. No fue un asunto fácil tomar la decisión pensando que las personas que huían de España, los refugiados o los que querían refugiarse al otro lado de la frontera, eran hombres y mujeres ateridos por el frío, comidos por el miedo, muchos de ellos con los pies congelados por la nieve. Pero también pensaba el ministro que tenía en el sótano del castillo, dispuestos a ser evacuados, los cuadros del museo del Prado. Consideró que era preciso utilizar todos los vehículos que hubiera en el castillo, incluyendo los que estaban dedicados al transporte de tropas y de víveres, los camiones sanitarios, los coches militares, todos los motores capaces de hacer rodar cuatro ruedas debían ser utilizados en la evacuación de los cuadros. Se desesperaba Álvarez del Vayo cuando pensaba que a treinta kilómetros, tan sólo a treinta kilómetros, al menos cincuenta conductores estaban listos para entrar en España y que, sin embargo, no cruzaban la frontera, detenidos por el ruido de la guerra. No había forma de evacuar los cuadros como no fuera consiguiendo más vehículos allí donde los hubiera. Ésa era la verdad inapelable que el ministro enfrentaba esa mañana. Por eso, antes de dar la orden, la terrible orden, Álvarez del Vayo lo meditó mucho.

–Que salgan los soldados a Figueras, que salgan a los caminos, a las carreteras y a los campos, que requisen todos los camiones, que desmonten a quienes los conduzcan y a quienes vayan subidos en ellos, que los traigan aquí todos inmediatamente. Que los soldados empleen la fuerza si es preciso, que usen los fusiles, que recojan todos los que encuentren, que bajen de ellos a los niños, a las mujeres, a los hombres, a los viejos, que lo desocupen y los traigan al castillo. Es una emergencia. ¡Vamos a evacuar el museo del Prado!

Alberto Araque hizo todo cuanto estuvo a su alcance para participar en esa salida a los campos, a las carreteras, a los caminos. Se acomodaron cinco coches ligeros con seis soldados y el conductor en cada uno de ellos y la orden de requisa de cualquier camión que se avistara. El ejército iba a ejercer el pillaje como única solución para conseguir ruedas y motores con los que transportar a trozos, desmembrado, entre caminos de polvo y humedad, bajo las bombas, el tesoro del museo.

Alberto Araque traspasó la puerta principal del castillo sentado en el asiento trasero de un Buick negro. A pocos kilómetros del castillo divisó una caravana de refugiados que se movía despacio sobre la arena de un camino. Saltaron a tierra Araque y los demás soldados y, empuñando fusiles y disparando al aire, se acercaron a la hilera de fugitivos. Todos pensaron que aquella patrulla militar llegaba para darles la protección que no tenían hasta que escucharon los gritos que les ordenaban bajar al suelo. La resistencia de los ocupantes duró hasta que los soldados usaron las culatas para romper el abrazo con el que los niños se agarraban a sus madres. Con el dedo en el gatillo y la boca de fuego apuntando a los hombres, Araque y los demás soldados empujaban a tierra a los refugiados como si barrieran los camiones, usando la fuerza y golpeando a quienes se resistían, descalabrando a los más fuertes, desoyendo los gritos y los llantos, disparando cerca de los fugitivos.

–Asesinos, asesinos... –gritaba una mujer que encajaba sus brazos en dos hierros para sujetarse así al camión con el nudo de sus manos cerradas. Asesinos –siguió diciendo hasta que un soldado la arrastró hacia el borde del vehículo y la empujó al suelo.

En las cunetas se doblaban de dolor los viejos que habían recibido culatazos en la espalda, las mujeres que mantenían en brazos a su hijos, los niños con miradas espantadas.

–¿Es que vamos a tener que matar a algunos para que bajéis de los camiones? –gritó un soldado con voces de amenaza.

Y era en aquel campo ese robo como si el uniforme, las armas y la fuerza se volvieran contra el pueblo todo para quitarles a los indefensos, a los enfermos y a los heridos, a los niños y a los ancianos, a los hombres sin nombre y a las mujeres valientes lo que tenían, para desampararlos en mitad de los caminos, para dejarlos descalzos en la nieve o quietos en el suelo si la enfermedad o las heridas les impedían caminar.

Araque, como los demás soldados, deshizo allí muchos abrazos, golpeó a algunos hombres, empujó al suelo a los ocupantes de un camión como si echara a tierra una carga de fardos y apuntó a los más valientes para enseñarles la fuerza que su fusil le daba. Las órdenes que cumplía exigían olvidar que las ruedas y los motores eran para aquella gente la única esperanza de llegar a la frontera.

Vacíos, los soldados condujeron los camiones requisados con dirección al castillo de San Fernando, poniendo en el aire polvo y arena, dejando ateridos, agarrados al miedo y abandonados en el campo a muchos fugitivos que allí mismo supieron que había acabado su escapada hacia el norte, a muchos que no podían seguir andando, a ancianos débiles, a hombres heridos, a una muchedumbre desvalida que ahora intentaba afirmar sus pies a la tierra insensible de un camino que ya no conducía más que a una fatiga inútil, a la tierra de un camino que era entonces la distancia más larga para llegar a Francia.

–No puedo mirar atrás. ¿Qué es lo que hemos hecho? –decía algún soldado con voz entrecortada.

–Que venga el ministro si hay que hacerlo otra vez –oyó que un compañero contestaba.

Alberto Araque puso sus manos en el volante del Buick negro y se situó en el camino de vuelta al castillo, detrás de la hilera de camiones requisados que ahora conducían los soldados. Solo en el coche, notó que se le pintaba en la cara un gesto de ansiedad y le creció en el pecho la esperanza infinita de aprovechar esa oportunidad para no volver. Pensó evadirse, confundirse con el terreno y escapar de la mejor forma que pudiera, despistarse de los demás y quedarse solo para huir. Redujo la velocidad, aumentó la distancia con los demás, consideró que aquella ocasión era inmejorable para una fuga y detuvo el Buick cuando perdió de vista a los camiones en la curva espesa que rodeaba una colina. Dio la vuelta y se dirigió hacia el norte.

Ahuyentó deliberadamente de su pensamiento la imagen de Teresa mientras aceleraba y empeñó todo su esfuerzo en borrar de su recuerdo la dulce cara que había besado otros días, la suave voz de la enfermera con la que hubiera querido escaparse. Se dijo a sí mismo que en la guerra rige una lógica distinta y urgente y a esa idea se agarró durante un tiempo para alejarse del castillo y de Teresa sin que un solo matiz de amor le detuviera ni le hiciera dudar. Y al hundir el pedal hasta el fondo se persuadió de que sólo debía pensar en él, como en la guerra hacía cada uno. Tuvo, sin embargo, durante un breve tiempo, algunos sentimientos confundidos y algo parecido a la culpa le despertó una ansiedad desconocida. Sonrió para conjurar esa sensación y mientras abría distancias con el castillo y con Teresa, puso todo su empeño en convencerse de que cualquiera, incluso ella, haría lo mismo.

Alberto Araque, el hombre que a las doce de la noche hacía guardia entre los cuadros del museo, no se despidió de Teresa. El soldado que iba a fugarse con una enfermera sensible a la poesía se escapó en cuanto pudo hacerlo, dejando atrás una historia de amor rota por el miedo. Se fue con sus temores atados al pecho, huyendo de la guerra, de su destino, de su pasado, huyendo de Teresa, de todo cuanto era y había sido, empujado por la cobardía, con el corazón temblando, agarrado al terrible esfuerzo de olvidarlo todo, aprovechando para sí mismo una escapada que había imaginado siempre para dos. No tuvo más pensamiento que fugarse él mismo cuando vio la ocasión y no pensó que dejaba en el castillo besos y promesas. Ni las caricias ni las palabras ni los ojos ni la mirada ni el amor de Teresa le retuvieron, ni la imagen de su cara contuvo el impulso de su huida.

Cuando le contaron la deserción, Teresa tardó mucho tiempo en convencerse de su ausencia. Pero se esforzó en mantener una última dignidad que a ella se le figuraba que residía en el llanto. No derramó, por eso, ni una sola lágrima y decidió no hacerlo aunque se conmovieran por dentro las mil fibras de amor que la pena infinita le rompía. Por alguna razón que ni siquiera ella misma comprendía, estaba segura de que mientras no llorara mantendría un cierto respeto frente a sí misma. Se obligó a sonreír sin ganas, se obligó a no transitar por la derrota de su ánimo y a pintarse en la cara un gesto dulce, como cuando atendía a los heridos y enfermos, como cuando cuidaba a los moribundos. La moribundia que rondaba sus sienes y la sequedad de su corazón se la arrancó de un golpe mirando al cielo, cerrando los puños, apretando los dientes. Se bebió de una sola vez toda la tristeza, levantó la frente, tensó los músculos de sus piernas y respiró después profundamente, conteniendo el principio de dos lágrimas, abriendo los ojos hasta secarlos, ahogándose por dentro, sí, pero sin dejarse ganar por ningún llanto. Arregló su pelo con las manos, lo sujetó a su nuca con un nudo, volvió a apretar los puños, miró otra vez al cielo, llenó de luz su cara y echó a su espalda los recuerdos. Para acabar con todos ellos, para no dar ya ni un solo paso con el peso de sus recuerdos, decidió ir a la enfermería. Allí, delante de un mal espejo estragado por el uso, el óxido y el tiempo, deshizo el nudo de su cabello y se cortó a mechones la melena, tirando al suelo el pelo, segando con rabia y sin lágrimas la espesura de sus rizos, como si en cada vedeja se quitara un trozo de dolor y mil recuerdos. No quería seguir llevando ese peinado de pelo largo que había acariciado Alberto, ni quería mantener en su cabeza el cabello que a él tanto le gustaba. Cuando tuvo delante la imagen de una mujer de pelo corto, aún metió las tijeras más arriba para acabar con la forma de su peinado y cortó los flecos de su frente y acabó con las guedejas de las sienes y con la madeja de cabello de la nuca para poner en su cabeza el aspecto de un soldado. Vio entonces reflejada la nueva forma de su pelo, el óvalo de su cara descubierto, la nueva apariencia de su rostro. Igualó los cortes, se entretuvo en eliminar las trasquiladuras y dio a su cabello las trazas y el estilo de un corte hecho con oficio. Se miró de nuevo y vio allí a una mujer que ya no era la misma, una mujer distinta, una mujer más lista, más fuerte y más valiente.

Al caer la tarde a Álvarez del Vayo le parecía imposible que la frontera estuviera tan cerca y que sin embargo, los cuadros no pudieran ser finalmente salvados.

Ruedas y motores, ruedas y motores era todo cuanto quería el ministro aquel día. A las cinco de la tarde dio la orden de vaciar los dos camiones sanitarios y habilitarlos también como vehículos de carga. Veinte minutos después, el capitán médico subía de dos en dos los peldaños de la escalera que llevaba al despacho del ministro.

–Las obras de arte no son personas, señor ministro. Salvará usted todo el museo del Prado, pero condenará a muerte a los heridos que no podamos transportar.

–Todos los camiones disponibles se ocuparán de la evacuación del Prado. Y los que no estén disponibles se habilitarán. Y los que nos falten los tomaremos por la fuerza –le informó el ministro.

–Ya no hay intendencia, ni teléfono, ni luz, ni municiones. ¡Ni esperanza queda aquí! –se enfadaba el capitán médico–. Pero al menos debe haber siempre un frasco de alcohol y un camión. Tome usted uno de los dos y déjeme el otro.

–¡Cualquier cosa que ruede y que pueda ser cargada será usada para evacuar el Prado! ¡Esta conversación ha terminado, capitán!

–¡No puede usted desmantelar los servicios sanitarios!

–¡Puedo hacer eso y además puedo pedirle que se vaya del despacho! ¡He dado una orden terminante!

El capitán médico bajó los peldaños como los había subido y se dirigió a la enfermería. Arriba, mirando por la ventana que daba al patio de armas, quedaba de pie Álvarez del Vayo, intensamente preocupado, con siete horas dormidas en los últimos tres días, torturado por la duda de si su decisión era correcta. Ya había despojado de sus vehículos a los refugiados que huían de los fascistas poniendo a las mujeres y a los viejos con los pies en las carreteras de nieve, hurtando a la población sus propios medios de transporte, había utilizado los coches de uso diario, los de intendencia militar, los de patrulla, había reunido uno por uno los camiones que hacían falta para el traslado y no sabía el ministro si ese empeño a favor del salvamento del museo era la decisión más adecuada. Estaba inutilizando casi todos los servicios que todavía quedaban activos en el castillo, un castillo que entonces era ya una muralla habitada sólo por el pánico, para conseguir que el tesoro artístico se pusiera a salvo. Esa decisión, pensó el ministro, era la más difícil que había tomado en todos los días de la guerra. Se secó la frente del sudor de la angustia, llevó una mano a sus ojos cerrados, respiró profundamente y, después de un rato en silencio, preocupado, miró por la ventana de su despacho. Estaba perdiendo la guerra, se dijo, pero iba a salvar las obras de arte. Estaba requisando medios de transporte a la población civil pero iba a salvar el museo del Prado. Estaba tomando decisiones que afectaban a la Historia. Tembló, volvió a cerrar los ojos y decidió continuar adelante.

A las seis y media de la tarde no había luces en el castillo. Once vehículos pesados habían sido cargados con el mayor tesoro artístico español y esperaban la orden de salida en la oscuridad de la noche. Los conductores eran soldados voluntarios que enfrentaban la misión de ganar la frontera llevando a Francia obras maestras. Se formó una hilera de camiones que iban a ser escoltados en convoy hasta las estribaciones de los primeros montes y desde allí continuarían solos en dirección al paso fronterizo de Le Perthus. En cada vehículo dos hombres armados alternarían el uso del volante.

Desde la enfermería, el capitán médico veía dispuesta la columna de camiones en el patio de armas. Los faros apagados, las lonas pardas, las maderas de más brillo manchadas, los metales cubiertos con tela. Había reunido allí el capitán al personal de su servicio y les explicaba que ya no podrían salir a los caminos ni recuperar cuerpos estragados de metralla. Teresa Munera atendía a las palabras del médico como si ya hubiera llegado el final de los finales en un castillo que no tenía defensas, ni soldados suficientes, ni servicios, ni guardia ni una sola bandera que proteger. Y pensó en Alberto, que había anunciado el desastre días antes, que sabía perfectamente que toda la ruina militar iba a criarse en pocos días para encarar sin más protección que la piel sola la llegada de las tropas enemigas.

Se retiró luego Teresa para evitarse el mal trago de hablar de todo y no acabar de hablar de nada con otras enfermeras que tenían para su suerte la fortuna de sufrir sólo por la guerra. Ella llevaba el corazón apretado al nudo de su esfuerzo por no llorar y añadía a los problemas de la situación militar el desgarro de su vida. Por no supo qué extraño impulso se atrevió a bajar al sótano donde Alberto y ella se habían besado tantas veces. Penetró en la catacumba oscura a la que ya no alumbraban las bombillas, avanzó a tientas hasta el tragaluz por el que Alberto se asomaba y por donde le entregaba besos atrapados en el puño de su mano. Resisitió el empuje de su pecho y contuvo el llanto una vez más como gesto de victoria sobre sí misma y sobre los recuerdos que aquel sótano le traía. Avanzó un poco más hasta tocar con las manos la columna donde una noche apoyó su espalda para besar los labios de Alberto y encontró esa columna todavía estremecida de amor y de futuro, empapada del cariño que ella le había dado. Dio un paso más y tropezó con la tela curvada de la hamaca de Alberto, esa hamaca en la que él se había tumbado otras noches, tan ocultamente como se había ido de su vida. Entonces percibió, sin querer, súbitamente, el aroma de la noche en que tanto se besaron, cuando ella le dijo que estaba dispuesta a irse con él, cuando las bombas cercaron su amor entre explosiones, cuando se quisieron entre resplandores de lumbres enemigas, cuando ella desarmó la fila de botones de su camisa y creyó que era feliz.

Y en ese momento, con su corazón en carne viva, no pudo toda su fuerza en contra impedir que a sus ojos llegaran en tromba dos ríos de lágrimas saladas que asomaron a su cara entre sollozos, mojando las mejillas, metiéndose en su boca, inundándole las manos. Lloró por su dolor inmenso, por su fracaso, por los recuerdos que no olvidaba. Y lloró porque lloraba. Empañaba el aire con ahogos mudos, encogía los brazos y llevaba sus manos a proteger su cara, a tapar sus ojos, a secar las lágrimas.

No supo cómo se metió en su cabeza la duda, el espanto, la incertidumbre, el impreciso pensamiento que empezó a torturarle la mente, el sentimiento mitad dulce y mitad doloroso que le llevó a considerar que, tal vez, Alberto le había dejado una clave, un mensaje en el que decía dónde estaba, cómo había huido, cuándo iba a esperarla. Tocó en la oscuridad la tela de la hamaca, exploró con los dedos los huecos de los muros, buscó un papel, una señal que cambiara la fuga sin palabras por una cita una mañana. Sin luces, descompuesta por el llanto, Teresa Munera empezó a concebir la idea de que Alberto nunca la habría abandonado en medio de la guerra, precisamente él, que tanto se había esforzado por convencerla para irse juntos. Tenía que haber una razón que explicara aquella ausencia, una causa que le hubiera impedido despedirse, avisarla, llevarla con él. Repentinamente estuvo segura de que hallaría muy pronto unas trazas, una carta, un mensaje, una clave exacta de su paradero, el mapa de su posición, el árbol donde la esperaba, la casa en donde estaba, el lugar en que volverían a verse.

Buscó en el sótano, desdibujó entre lágrimas los contornos de las cosas y en un sollozo infinito descubrió que la clave estaba en las palabras que se habían dicho. Recordó la última vez que se vieron y acudieron a su memoria las frases suyas y de Alberto, cuando se dijeron que irían a un pueblo muy cerca de la frontera, mirando al mar... Alberto estaba esperándola allí, se dijo, en un pueblo cercano a la frontera y mirando al mar.

Salió del sótano entre la confusión de sus pensamientos y la oscuridad, que lo llenaba todo, llevando en la cara el gesto esperanzado de volver a encontrar a Alberto. Vio allí una hilera de vehículos pesados, una fila de camiones dispuestos a emprender la marcha a la frontera con las pinturas embaladas y protegidas del mejor modo posible, cubiertas con lonas impermeables. Tenían que evitar las carreteras de más tránsito, los caminos atestados de refugiados, las grandes zonas por donde huían millares de personas que escapaban de la guerra. Los conductores debían adentrarse en escondidos arrastraderos, en sendas borradas de los mapas, veredas abiertas en la maleza, trochas inexploradas, para evitar los bombardeos.

Teresa vio arrancar los motores y partir la columna de vehículos, unos detrás de otros, con los faros apagados. Permaneció de pie, parada al lado de un muro, cerca de la puerta que daba a las escaleras del sótano y contempló desde allí la salida, en plena noche, en mitad de la guerra, camino de la frontera. Le hubiera gustado saber si Alberto había conseguido llegar ya a Francia, si Alberto la esperaba en algún lugar concreto, si seguía pensando en ella.

Esa misma noche, apenas los camiones comenzaron a rodar fuera del castillo, se inició el ataque de aviación más intenso de cuantos se habían producido hasta entonces. En vuelos rasantes, la Legión Cóndor ametrallaba carreteras, aplastaba con bombas el paisaje, deshacía enteramente Figueras y comenzaba a disparar contra las murallas del castillo por primera vez. En los novecientos metros que separaban Figueras del castillo cayeron miles de kilos de bombas y las almenas dentadas se alisaban por impactos de metralla. Soldados, ministros, enfermeras, la población toda del castillo corría de uno a otro lado protegiendo sus cabezas, gritando, como si allí no hubiera una posición militar sino el despavorido sufrimiento de hombres y mujeres inermes, encerrados en el recinto de unas murallas que fijaban a la perfección las referencias necesarias para un bombardeo. Teresa vio morir a muchos soldados esa noche, como signo del infierno, como anticipo del final de todo, como el bombardeo último de tres años de derrota. Debajo de una torre del castillo se desmoronó la mitad de una muralla abriendo un hueco infinito en las defensas y los ataques en picado de la aviación acabaron por matar a decenas de soldados, por llenar la enfermería de más muertos que heridos. Sin luz eléctrica, sin provisiones, sin munición, sin ganas, sin esperanza, inundados de temor, ansiando el final, sin comunicaciones telefónicas, sin resistencia posible, aquel era el final de la vida en el castillo, la última noche en retaguardia. La línea del frente, la artillería, la infantería, las tropas rebeldes todas se divisaban recortadas en lo alto de los montes, calculando el asalto final, casi tocando Figueras con las manos, casi cercando el castillo, a punto de arrasar aquella posición.

Cuatro horas de bombardeo intermitente acabaron con toda resistencia, con gran parte de las murallas, con las armas de defensa y con la vida de muchos. Amaneció el castillo amenazando ruina, humeante, con la silueta muy cambiada, desmoronadas las alturas de dos murallas. Y, sin embargo, como si fuera un día normal, en medio de la muerte, en mitad del espanto y del terror, cinco vehículos ligeros volvieron a salir a los campos y a las carreteras, volvieron a ir a Figueras para hacer el imposible esfuerzo de encontrar camiones. Y trajeron al cabo de dos horas nueve más, requisados a los refugiados que se envolvían en ropas desgastadas, en lanas escarchadas por el frío, fugitivos que vieron cómo el ejército les quitaba los camiones y les dejaban a pie en mitad de los caminos, lejos de cualquier sitio, en mitad del miedo, en el centro de la nada, rodeados sólo de viento helado.

A las doce de la mañana, el ministro se convenció de que el castillo debía ser abandonado. Teresa Munera aprovechó la confusión general y salió de la enfermería. Cruzó a carreras la arena del patio, entró en el hangar donde todavía estaba uno de los camiones sanitarios al que tantas veces se había subido. Entró en el montante, casi vacío, donde sus pasos retumbaban, pero no como otras veces, cuando allí había equipos de cura, vendajes, platos de metal, camillas. Retumbaron sus pasos en el interior del montante por el vacío de esas cosas, por su ausencia, por haberse convertido aquel volquete sanitario en un hueco sin recuerdo apenas de lo que había sido, en un camión de carga solamente. Vio, en un rincón, restos olvidados de instrumentos de quirófano y la envoltura rota de unas gasas. Dos pinzas y un bisturí sobre el suelo daban imagen de la prisa con la que aquel camión se había vaciado y sólo unas vendas, esas pinzas, el bisturí y las gasas le recordaron cuántas veces allí mismo había empleado su ánimo en curar heridas, en secar la sangre.

Con un destornillador separó una lámina de metal y encontró, tal como Alberto le había dicho, un amplio hueco protegido por paneles de hierro, formando una caja interior exactamente entre las dos ruedas traseras. Se introdujo completamente en el cajón que la estructura interna del camión le ofrecía y colocó después la lámina de hierro como si fuera la tapa de un lugar secreto. Allí estaba, allí tenía, en el interior de un camión, como Alberto había dicho, el salvoconducto que necesitaba para abandonar Figueras.

Dejó el hueco, volvió a colocar la tapa y saltó del camión. Al salir del hangar, Teresa vio a contraluz la figura de Carlos Sánchez, que la miraba desde el otro extremo del patio. No supo si la voz de la deserción de Araque había corrido ya por todos los rincones del castillo y sintió vergüenza de que la mirara por si acaso esos ojos de soldado albergaban una fibra de compasión que ella no quería despertar en nadie. No quiso hablar con Carlos, el soldado que tantas veces había intentado hablarle de amor. Y orientó entonces sus pasos hacia lugar distinto, sin saber muy bien a dónde iba. Atrás dejó la mirada de

Carlos Sánchez, que volvió a mantener sus ojos en la espalda de Teresa, como tantas otras veces, viendo cómo se alejaba de él.

Dos horas después, Teresa Munera llevaba en la mano la maleta abandonada de Machado y había cambiado su uniforme de enfermera por ropa de soldado. El camión sanitario esperaba en hilera con los otros para ser cargado con las pinturas del Prado. Saltó dentro después de asegurarse de que nadie la veía y tapó el montante con la lona. Volvió a ver allí, como restos de lo que había sido el camión, tiradas en el suelo, dos pinzas y un bisturí que ya no aprovecharían a nadie. Abrió el hueco que ya tenía preparado, se metió dentro con la maleta y un destornillador, se tumbó de costado, colocó muy débilmente atornillada la lámina de hierro para tapar el agujero y se dispuso a esperar un largo tiempo, allí tumbada y oculta.

SIETE

En el centro del patio, un sargento con uniforme deslucido voceaba al aire del castillo órdenes menudas. Preparaba el cargamento de los camiones con las obras de arte y comprobaba que los conductores voluntarios se presentaban en sus puestos para formar el convoy que llevaría una segunda expedición de cuadros del museo del Prado hasta la frontera francesa. Se acercó hasta el sargento un soldado muy delgado, envuelto en abrigo de paño grueso con una mochila en la espalda.

–Carlos Sánchez –se presentó.

El sargento consultó unas hojas manuscritas que llevaba en la mano.

–Carlos Sánchez... Carlos Sánchez... –repetía mirando los papeles–. Aquí estás. Vas a conducir el camión sanitario. Tu compañero está esperándote ya.

Y le entregó una hoja que contenía, sin más criterio, la relación de pintores y cuadros que el camión iba a transportar.

A las siete y veinticinco de la tarde, los vehículos cargados con los cuadros emprendieron la marcha hacia la frontera. En el camión sanitario, conducido por Carlos Sánchez, viajaba escondida Teresa Munera, tumbada sobre un costado y oculta. Notaba desde el interior del agujero el movimiento del vehículo y se acomodaba mejor para resistir en esa posición el viaje. Pero al poco tiempo, Teresa empezó a sentirse mal. Situada en el nivel más bajo del vehículo, casi en el mismo nivel que las ruedas, debajo del suelo del montante metálico del camión y sin ver el exterior, todo se le hacía mezcla de sensaciones ingratas en el estómago y un mareo infinito empezó a ascender a su cabeza. Sin embargo, cerró los ojos para acostumbrarse al movimiento y aguantó así unos kilómetros, arrepentida del modo que había elegido para evadirse. Sólo le animaba a mantenerse en la caja disimulada en la que iba la idea de salir pronto de allí y aprovechar cualquier buen momento para escaparse del camión en mitad del campo y continuar andando sola su camino a Francia.

El convoy se mantuvo unido hasta que remontaron una cuesta embarrada en la que algunos camiones no pudieron agarrarse. Peligró la carga en dos de ellos, que derraparon hasta el límite mismo del camino, un sendero estrecho colgado entre dos abismos. Se detuvieron todos para auxiliarlos y, después de acercarlos al centro del camino al empuje unas veces y remolcados otras, vieron todos allí una escuadra de aviones enemigos que no se fijó en ellos, sobrevolando sus cabezas, cortando el cielo. Entonces fue cuando decidieron separarse, poner distancia entre ellos y no anudar la mala fortuna de uno a los demás. Se disgregaron y deshicieron el convoy. Esta separación fue especialmente promovida entre sus compañeros por Carlos Sánchez que, desde el principio del viaje, buscaba muy deliberadamente quedarse solo. Por eso propuso, cuando la escuadra de aviones les sobrevoló, que cada uno llegara a la frontera por donde mejor pudiera, evitando los agrupamientos, para no ser tan vulnerables a la aviación. Con la idea de quedarse completamente solo, animó Sánchez a su compañero a ayudar a otro vehículo preso de ruedas en un hoyo de fango mientras él seguía conduciendo hacia la frontera.

A los pocos metros, perdió Carlos Sánchez el contacto visual con los demás miembros de la expedición en las haldas de una montaña. Sonrió al comprobar que había conseguido dejar atrás a su compañero y quedarse solo en medio del campo. A las márgenes de una vereda resbaló el caucho de las ruedas en matojos de hierba helada. Ascendió después con el motor forzado una pendiente cubierta de arena húmeda de nieve y salió a una altura de bosque espeso por donde atajó cruzando una era cubierta de espigajos secos y podridos. Salvó una barranquera y salió luego al aire abierto de la noche en mitad de un valle estrecho y blanquecino de escarcha.

Conducía Carlos Sánchez por las sombras, evitando los claros de luna y las zonas desarboladas, puesto el perfil delgado de su cara entre las ventanillas de la cabina del camión. A las diez en punto, considerándose completamente solo, giró el volante hacia una vereda cubierta de árboles y paró el motor. Teresa sintió entonces un repentino alivio y pensó en salir del agujero. Pero no estaba segura de si aquel preciso momento era el más adecuado. Pretendía abandonar el vehículo lo más cerca posible de la frontera y era consciente de que aún estaba lejos de Francia. El mareo que tenía entre sus sienes le obligó a adoptar en la estrechez de la caja en la que viajaba tumbada una postura de difícil acomodo que empezaba a forzar demasiado sus brazos y sus piernas dobladas.

Carlos Sánchez bajó al suelo y abrió la parte trasera del camión. Teresa escuchó que alguien subía al montante y decidió seguir oculta. A oscuras, con la ayuda de una pequeña linterna de luz difuminada y tenue, inspeccionó Carlos Sánchez los bultos que transportaba y fue apartando a un lado y a otro las cajas, las tablas y los atadizos que guardaban las pinturas del museo. Buscaba un concreto bulto marcado con un aspa roja que no apareció ante sus ojos hasta que decidió avanzar entre las cajas y bajar algunas al suelo para disponer de más espacio en el camión. Oía Teresa caminar por encima del suelo, por encima de la lámina metálica que protegía y tapaba el agujero en el que se había escondido. Aguantó la respiración como pudo y trató de no moverse para no delatar su presencia. Al cabo, Carlos Sánchez vio, apoyada en otra, una caja de cartón atada con alambre que llevaba cruzada de un lado a otro un aspa roja. Sacó el bulto del camión y lo dejó en el suelo.

Con dos piedras afiladas rompió el alambre y con la ayuda de un machete arrancó los precintos que sellaban la caja. A sus ojos apareció entonces un cuadro pequeño pintado al óleo. En la parte baja del marco, una chapa metálica con la inscripción *1211. Diego de Silva y Velázquez. 1599-1660. Vista del jardín de Villa Médicis, en Roma. Óleo sobre lienzo.* Tomó el cuadro con su mano izquierda y lo apoyó en el suelo. Con la mano derecha clavó el machete en la tela y fue desgarrándola en línea recta por sus cuatro lados hasta que separó el lienzo del marco.

Teresa no sabía si el soldado que había caminado por el montante del camión seguía allí mismo, parado, o si había bajado al suelo. Por un momento pensó que nada importaba ya y que si sacaba del agujero al aire su cabeza podría ganar su libertad perdida y recomponer su cuerpo. Pero creyó que era mejor esperar a que el camión reanudara la marcha. Mientras Teresa se envolvía entre dudas y mareos, Carlos Sánchez extendió sobre la arena del camino su abrigo de paño grueso y, con las manos, fue abriendo una larga fila de corchetes que unían el forro a la tela. Cuando los liberó todos, introdujo una mano en el hueco y comprobó que allí se encontraba el bolsillo disimulado que buscaba, un amplio bolsillo cosido al forro por su parte interna y oculto entre éste y el paño del abrigo. Allí puso el lienzo que había arrancado del marco, extendido, como una tela interior del abrigo. Cerró los corchetes y se puso el abrigo que ahora mantenía, oculto, entre el forro y la tela, un cuadro de Velázquez.

Dejó al borde del camino la caja de cartón hecha trozos y desclavó las cuatro tablas del marco, que arrojó lejos en direcciones distintas con toda la fuerza de su brazo. Colocó los bultos que había movido en el interior del montante, ató la lona que lo cubría, volvió a la cabina del camión, arrancó el motor y puso dirección a la frontera.

Entre las sienes de Teresa se instaló entonces un dolor de cabeza derivado de la tensión muscular que mantenía. Con el cuerpo encogido, dobladas las piernas durante tanto tiempo, escondida en un hueco pequeño, sin posibilidades apenas de movimiento, sometida al vaivén del camión, Teresa empezó a sentir el principio de unas náuseas que se habrían convertido en vómito si no hubiera podido girar unos centímetros la cintura y descruzar los brazos. Sin embargo, a pesar del alivio que ese cambio supuso, se convenció de que no podría terminar el viaje y que era preciso abandonar el hueco en el que estaba. Unos minutos después, cuando creyó que ya no podía aguantar más la situación, llevó como pudo una mano al bolsillo de su pantalón y sacó de allí el destornillador con el que pretendía hacer palanca para retirar la lámina metálica que cubría el agujero. Intentó sin suerte pasar la punta de la herramienta por las junturas de la tapadera y no encontró a tientas más que hierro liso.

Al claror de la luna, el perfil de Carlos Sánchez se quedó estático y alerta. Paró el motor, tensó los músculos de la cara, guardó silencio y asomó al aire los ojos por la ventanilla. Bajó al suelo, armó su fusil y ajustó la mochila a la espalda. Entonces volvió a oír el ruido que ya había escuchado antes, volvió a oír el roce seco de dos hierros, el golpe de un metal con otro. Y silencio luego. Teresa dejó de intentar su propósito en cuanto la confusión en la que estaba le permitió darse cuenta de que el camión se había vuelto a parar. Carlos se separó seis o siete metros del vehículo y escondió su figura detrás de unos cardizales secos.

Tumbado, asomaba la vista Carlos entre dos tallos espinados y veía el camión parado en el camino. La luna ponía luces al campo y en medio del silencio absoluto, entre el tenue rumor de los insectos, avivó el oído. A Teresa se le agotó el pensamiento prudente y urgida por su estado lamentable, resistiendo el empuje de su estómago por aliviarse allí mismo del mareo, percibiendo en la garganta el levísimo principio de un vómito, dejó de hacer consideraciones de otra índole y decidió salir del hueco. Aunque sabía que estaba haciendo ruido, usaba el destornillador como palanca impulsada por la prisa de recuperar una postura adecuada y de darle aire a su cabeza. Carlos se mantenía tumbado y oculto, separado del camión, escuchando el sonido inmenso que en la noche producían los golpes de Teresa en el cajón disimulado. Ella ya había conseguido liberar la lámina metálica de los tornillos pero no podía moverla de su sitio por el peso de los cuadros. El choque de las juntas de la tapadera se escuchaba como un ruido retumbante en el silencio de la noche. Teresa movió por fin la tapa que cubría el hueco y sacó su cabeza primero y luego el cuerpo entre un paisaje de cajas y de bultos hasta que puso sus pies en el suelo del camión. Erguida ya, una pulsión constante le recorría de un lado a otro la cabeza y en el estómago sentía mil nudos de angustia y un mareo irresistible. Soportó su peso y dobló las rodillas aguantando el dolor de las articulaciones al tomar postura nueva. Se abrió paso entre los bultos y empezó a desanudar las cuerdas de la lona.

Desde el suelo, oculto, tumbado, Carlos vio que la tela cobertora empezaba a moverse. Armó su fusil y dispuso la boca de fuego sobre la hierba, sujetando con firmeza el arma, apuntando al camión. Desde el montante saltó Teresa a la arena del camino con la maleta de Machado en una mano. Se quedó entonces inmóvil, respirando profundamente, tratando de recuperarse del mareo y, muy pronto, comenzó a mover los brazos y las piernas, desentumeciendo el cuerpo. Levantó Carlos el percutor y, muy despacio, pasó el dedo índice por delante del gatillo, afirmó el arma contra su hombro, llevó el punto de mira a la cabeza de Teresa y volvió a llevar atrás el percutor, preparándose para el disparo. Pelo corto, uniforme militar, distancia y luz de luna hicieron que Carlos creyera que se trataba de un soldado. Le inquietaba que un hombre escondido hubiera viajado en el camión, lo que le causó la mayor sorpresa. Pero lo que más le preocupaba era que aquel aparecido, aquel soldado que había tomado tantas precauciones para ocultarse, hubiera podido ver cómo él sacaba del camión un cuadro y lo guardaba en el interior del forro de su abrigo. Cuando decidió dispararle, Teresa se movió por detrás del montante y desapareció de su vista. Carlos tuvo tiempo entonces de afirmar su voluntad de matar a aquel soldado. No era sólo que se tratara de una compañía no advertida, lo que le impulsaba a matar al visitante, sino el riesgo de que hubiera visto cómo separaba de los otros el cuadro. Pero su asombro creció cuando vio que no portaba armas y que aquello que colgaba de su mano era efectivamente una maleta.

Apareció de nuevo Teresa al lado de la cabina del camión y volvió a pararse, mirando en todas las direcciones. Se sorprendió de que no hubiera nadie allí, ni conductor ni escolta ni soldado alguno y mientras recomponía el mal estado de su cuerpo pensó en abandonar el lugar del mejor modo posible, internarse en la espesura de la arboleda que veía al otro lado del camino y esperar a que el día la orientara. Carlos volvió a situar el perfil de Teresa en línea recta con el punto de mira de su arma. Acarició lentamente el gatillo y en esa posición apuntó y disparó. Teresa había movido imperceptiblemente su cabeza en el instante mismo en el que la bala salía del fusil y oyó que el proyectil rozaba su pelo. El ruido del disparo le hizo correr para protegerse y saltó al otro lado del camino, muy cerca de donde Carlos estaba. Sin soltar la maleta, a la que se agarraba más por agarrarse a algo que por no perderla, Teresa corrió entre árboles, mirando atrás, mirando a los lados, hasta que decidió ponerse al abrigo de unas rocas, temblando, tomada por el miedo.

Muy poco tiempo después, sintió que la sujetaban por detrás, que una mano le juntaba los labios y le tapaba la boca y que le pasaban un brazo por el cuello. Vio el filo de un cuchillo moverse delante de sus ojos y notó que le ponían la hoja afilada sobre el cuello. En esa posición no pudo ya moverse y creyó que allí mismo la mataban. Carlos mantenía con fuerza el cuerpo de Teresa trabado con sus brazos y una pierna. Cuando comprobó de nuevo que no llevaba armas, Carlos distendió un poco el empuje del cuchillo y trató de verle la cara. Asomó por encima del hombro su mirada y no vio allí sino un perfil desconocido, medio tapado por la gorra. Fue al hablar Teresa, al pedir compasión con dos o tres palabras que le vinieron a la boca y al gritar, cuando se dio cuenta Carlos de que estaba delante de una mujer. Hizo que clavara en el suelo una rodilla, mantuvo el cuchillo en la garganta, giró hacia atrás su cabeza y allí vio, claramente, la cara de Teresa.

Asombrado, las manos se le vaciaron súbitamente de fuerza y dejó de trabarle el cuerpo. Durante un instante se miraron sin hablar, reconociendo la realidad de ese encuentro inesperado y Carlos intentó anudar en su cabeza las claves de la presencia de Teresa sin conseguir más que sorpresa y un principio de angustia innominada por haber estado a punto de matarla. Respiraron ambos profundamente, venciendo la fatiga que el miedo y la inquietud habían puesto al ritmo de sus corazones y continuaron mirándose sin decir nada. Teresa no supo hasta ese momento que el conductor del camión en el que se había escondido era Carlos Sánchez, el soldado galante que había llegado tarde a sus cortejos y, con todo, el mayor asombro era de Carlos, que había visto salir del montante del camión a la enfermera que tantas veces había querido seducir.

Como si intentara contestar a una pregunta que nadie había formulado todavía, Teresa le dijo que se había escondido en el camión para salir del castillo con rumbo a Francia, donde esperaba protegerse de los riesgos del final de la guerra. Confesó esa pretensión con vergüenza y así se lo dijo a Carlos, que la escuchaba como si fuera aparecida. Luego añadió que había previsto escaparse con Alberto y que sin embargo, Alberto, como Carlos y todos ya sabían, se había escapado de ella y del castillo, desertando al mismo tiempo de la guerra y del amor. Y diciendo esto se le llenó de nuevo la boca de vergüenza y las mejillas de un rubor intenso que la luz de la luna no llegó a revelar del todo. Carlos escuchaba en silencio más por no poder decir cosa alguna que por dejarle hablar y, finalmente, entre dos frases de ella, abrió los labios en sonrisa y resolvió con ese gesto todo cuanto no podía decir. La abrazó como disculpa y como saludo y sobre todo la abrazó por el alivio de verla viva después de haberle disparado, como si al apretarla contra sí disipara el susto de la noche. Mantuvo un momento más el abrazo y lo deshizo luego para volver a mirarla.

Tenía Carlos en ese momento delante a la enfermera que había pretendido enamorar y le llegó de repente a la cabeza el temor de que le hubiera visto manipular el cuadro, guardarlo en el abrigo, separarlo del resto de los cuadros del museo que transportaba en el camión. Se había ocupado de dejar atrás a su compañero, había procurado distanciarse de los demás vehículos para quedarse solo y, sin embargo, no había estado solo en ningún momento porque aparecía ahora entre los cuadros, escondida, una mujer que podía haber visto lo que hacía o suponerlo.

—No podemos quedarnos aquí toda la noche —dijo Carlos.

—Puedes dejarme cerca de la frontera. Me uniré a una caravana de refugiados y entraré en Francia como pueda.

—No voy a dejarte sola.

Carlos recogió del suelo la maleta de Machado, subieron juntos al camión y emprendieron la marcha hacia el norte.

—¿Qué tiene esta maleta que ya te he llevado dos veces?

—Papeles... Son papeles de Antonio Machado, el poeta. Le atendí en un camino hace unos días y quiero devolvérsela en Francia.

Teresa no tenía claras sus razones para pasar la frontera y había llenado su cabeza de absurdas ideas para animarse a salir del castillo de Figueras. Era cierto que había emprendido aquella huida sin pensarla del todo, que decidió escaparse en el momento justo en que conoció la deserción de Alberto, como si quisiera demostrarse a sí misma que su vida no estaba ligada al soldado que la había abandonado. Todo cuanto había puesto a Teresa en el hueco del camión y la había llevado hasta allí era una reacción impensada, un súbito movimiento irracional, una afirmación de independencia. Si había decidido irse con Alberto, parecía haberse dicho, se iría de todos modos, con él o sin él, como si el plan de fuga hubiera sido suyo, como si fuera ella quien le dejara a él. Si Alberto no la necesitaba, ella ya no necesitaba a Alberto.

OCHO

Rumbo al norte y muy inquieto, Carlos se preguntaba si Teresa sabía que había robado un cuadro. Lo que él tenía que hacer con ese lienzo entraba en las claves más secretas de la guerra. Suponía que desde la posición encajada y difícil que había mantenido en el hueco del camión era imposible ver el exterior, pero no podía estar seguro de ello. Además, creyéndose solo, había separado el lienzo del marco, lo había guardado en el abrigo con sonidos reveladores que Carlos ahora consideraba demasiado expresivos. De lo que no le cabía duda era de que Teresa había advertido que, durante el trayecto, el camión había estado parado un tiempo mientras él subía al montante y movía los bultos. Y se preguntó si eso habría sido suficiente para que ella compusiera en su imaginación un interrogante peligroso. Para conseguir algún dato sobre lo que Teresa sabía o podía haber imaginado, Carlos llenó la conversación de preguntas tendenciosas, de frases a medio acabar, de palabras que pudieran darle alguna clave y no advirtió que ella rehusara las respuestas o dudara al contestar. Poco a poco fue intuyendo primero y convenciéndose después de que Teresa era ajena a todo cuanto había ocurrido con el cuadro y que, por supuesto, ignoraba absolutamente que guardara un lienzo del museo en el interior del forro de su abrigo.

Teresa vivía aquella noche una sensación difusa de vergüenza. No sabía explicar las causas de su presencia en el camión ni los motivos reales que le habían impulsado a salir del castillo de Figueras para llegar a Francia. Si ya tuvo dificultades para aceptar la idea de abandonar la guerra cuando Alberto se lo pidió, ahora se mezclaban en su ánimo, todas juntas y a la vez, otras consideraciones relativas a su condición política. Muy comprometida con sus propias ideas, Teresa estaba haciendo lo contrario de lo que pensaba, lo contrario de lo que consideraba correcto. Ella hubiera resistido el empuje final de la última batalla en su puesto, en la enfermería, al lado de quienes la necesitaban. Si aceptó un día salir de allí escondida, si aceptó escaparse fue porque Alberto se lo pedía y por no romper un amor que consideraba eterno. Sin embargo, ahora, desaparecido Araque, no entendía por qué motivos había continuado el plan de fuga ni por qué causas se encontraba a medio camino de la frontera. Ese abandono de su puesto, esa salida oculta, la renuncia a continuar allí donde según ella debía estar le procuraban una intensa sensación de vergüenza, como si estuviera haciendo algo deshonroso, algo indigno que la humillaba, como si encontrarse allí, intentando ganar la frontera, fuera la actitud más infamante.

Intentaba Teresa convencerse a sí misma, sin conseguirlo plenamente, de que Alberto la esperaba en algún lugar inconcreto de Francia y que si ella estaba allí, puesta en viaje, no era sino para volver a encontrar a un soldado que seguía sin duda pensando en ella y que no pudo despedirse. Intentaba añadir a esa débil razón una absurda obligación moral de devolverle a Machado la maleta que le había dado y entre esas dos tenues excusas movía su ánimo como toda justificación de su salida de Figueras. Pero lo que Teresa empezaba a sentir cada vez con mayor intensidad no era sólo la quiebra de esas dos razones falsas y absurdas, sino un claro temblor por no saber realmente qué hacía allí, un creciente temor a no encontrarse efectivamente en ningún sitio, ni en Francia ni en Figueras, como perdida en el campo, sin rumbo real, como si hubiera dejado atrás todo su pasado y no tuviera delante futuro alguno. Esa extraña sensación le torturaba el pensamiento y la inundaba de vacío. Pero reconocía al mismo tiempo que no era posible ya volver atrás y que la verdadera frontera, la frontera infranqueable y prohibida no estaba al norte, separando dos países, sino al sur, cortando en dos mitades su propia historia reciente, todo lo que había dejado en Figueras, por un lado y un futuro despoblado y sin proyecto alguno, por otro.

Allí estaba, sin embargo y pese a todo, sentada en la cabina de un camión cargado con obras de arte, al lado de Carlos Sánchez, un soldado enamoriscado en el que nunca se fijó del todo a no ser por sus galanterías y por las ganas que él había puesto siempre en seducirla.

Con las primeras luces del amanecer, puesto el horizonte en ocres y amarillos, al raso deslumbrador de las nubes, divisaron el paso fronterizo de Le Perthus. El camión salvó la pendiente de un monte desnudo que conducía a una carretera de asfalto antiguo y a trozos desgastado, cubierta de baches y muy estrecha. Al fondo del paisaje se movían los gendarmes uniformados, manteniendo todavía en el lado español una muchedumbre arracimada de fugitivos de la guerra. Carlos aceleró el vehículo y avisó a Teresa:

—Eso es Francia.

—Puedes dejarme aquí, si quieres.

—No sabes lo que espera a los refugiados al otro lado de la frontera ¿verdad? Casi ninguno de ellos lo sabe —iba diciéndole Carlos.

Esta frase sonó en el aire como una advertencia terrible y Teresa puso atención.

—Al otro lado, los franceses ponen a todos los fugitivos entre alambradas, los meten en campos de concentración, como presos. Y después de salir de España se quedan pasando frío y hambre dentro de empalizadas vigiladas por soldados senegaleses que les tratan como a perros. No, Teresa. Tú no puedes quedarte aquí ni entrar en Francia por Le Perthus.

—¿Qué harás tú? ¿Tienes que volver a Figueras?

Carlos esperó un momento antes de contestar. Miró de frente la cara de Teresa y mintió:

—Sí. Volveré.

Puso el camión las ruedas en el estrecho terreno de nadie que separaba los dos países. Los gendarmes franceses, prevenidos ya por la orden de franquear el paso a los vehículos que portaban el museo del Prado, examinaron ligeramente la carga y permitieron que cruzara la frontera. Carlos Sánchez llevó el camión hasta una plataforma amplia y redonda donde se encontraban Timoteo Pérez Rubio, Jaujard y otros miembros del comité internacional. Con ellos convino, a través de la ventanilla, el modo en que debía situar el camión y en voz baja le dijo a Teresa:

—Voy a bajar. Quédate aquí. Esperan ver dos soldados en cada camión. Es mejor que no vean de cerca esa cara de mujer.

Algo más de media hora duró la descarga de las obras de arte que iban siendo depositadas en otro camión. Cuando el montante se quedó vacío, Carlos volvió a subir y sujetó el volante. Puso marcha atrás, giró las ruedas luego y se dirigió de nuevo al paso fronterizo. Teresa no comprendía la maniobra. Se dirigía otra vez a España, de donde ella quería salir.

–Carlos... Yo he venido a Francia para quedarme aquí.

–Y yo te llevaré a Francia, Teresa. Pero no puedes quedarte en Le Perthus.

Ella miró alrededor suyo y vio alambradas, armas montadas, gendarmes, escuadrones de soldados que vigilaban el tránsito fronterizo. Teresa pudo ver entonces mujeres y niños en la nieve, con bufandas en los pies, hombres con las cabezas vendadas, heridos que no podían caminar transportados en camillas improvisadas, ambulancias sin material, la inmensa estampa de la derrota.

–Hay centenares de miles de refugiados. ¿Crees que les llevan a un hotel de París con agua caliente y jabón de rosas? Los meten entre vallas de alambre al cielo raso. Así abre Francia sus fronteras.

A unos metros de la línea fronteriza, los militares eran agrupados aparte, separados de los civiles. Pasaban en fila, uno detrás de otro, con los uniformes desgastados y sin armas, como una columna de soldados desastrados y en derrota, como prisioneros, como hombres que hubieran dejado en España todo cuanto eran, centenares de soldados que llevaban las ropas destrozadas, algunos con vendajes, otros heridos, sin aspecto militar, amontonados en grupos de desesperanza, con los desgarros de la miseria, agarrados allí todos a la espera infinita de una orden para cruzar la raya. Teresa pensó entonces que Carlos podía tener razón. La masa humana que se agolpaba en la frontera era una inmensa mancha gris en mitad del campo, el resto de una ruina viva, aterida por el frío.

–Pero yo no puedo volver a Figueras.

–No. Te llevaré a Francia por un paso sin vigilancia. La frontera es larguísima. Si tenemos suerte, entraremos por donde nadie nos espera, por donde nadie nos vea, por un paso en mitad de las montañas.

–¿Vas a hacer eso por mí?

–He pasado meses intentando hacer algo por ti y lo único que he conseguido ha sido llevarte dos veces la maleta. Ahora tengo la ocasión de llevarte a ti donde tú quieras.

El camión orientó las ruedas a la estrecha franja de tierra que era la frontera misma y entró en España por donde los gendarmes franceses le dejaron. Teresa iba viendo a los lados de la carretera grupos de refugiados con la esperanza desdibujada ya en la cara, como si la tierra arrojara desde el interior a la superficie manchas grises de hombres y mujeres cuyo único futuro era cruzar una delgada, invisible, absurda, remota línea divisoria.

Tres kilómetros después, con el paso de Le Perthus perdido a la espalda, Carlos Sánchez miró a Teresa, que no hablaba, esperando que el soldado que la llevaba dijera por fin algo que le permitiera saber qué harían.

–Seguiremos por tierra española y cruzaremos a Francia esta noche, por un paso estrecho y sin vigilancia que conozco muy bien. Por allí entraremos.

–¿Entraremos? ¿Los dos? –preguntó Teresa, que veía en el gesto complacido de Carlos una disposición completa a llevarla a la frontera y a donde ella deseara.

Entonces Carlos decidió explicar lo que pensaba. Le recordó a Teresa que ella no tenía preparado ningún plan de fuga concreto, que se movía hacia la frontera como una hoja seca empujada por el azar. Volvió a advertirle de los riesgos de entrar en Francia unida a una hilera de fugitivos, de convertirse en refugiada. Y le señaló con claridad que el hecho de haber salido del castillo de Figueras la convertía en desertora y le hacía imposible volver. Condenada, por tanto, a seguir hacia adelante, lo que importaba era saber exactamente cómo pasar la frontera, cómo llegar a Francia y qué hacer después. Teresa no necesitaba estas explicaciones de Carlos para comprender que, efectivamente, se encontraba obligada a seguir hacia adelante sin haber concebido plan de fuga alguno, sin haber pensado en dónde ir.

Carlos, que había lamentado tantas veces no poder ganar la sonrisa cómplice en amores de Teresa, que había lamentado tanto haber llegado tarde a su vida, cuando ya se encontraba atada al corazón de un mal soldado, lamentaba ahora que, una vez más, Teresa llegara a su vida en tan mal momento, cuando tenía que llevar a Berna un cuadro que podía ser la clave de la duración de la guerra en una misión rodeada de secreto que no admitía ninguna presencia más.

–Yo tengo que continuar viaje a través de Francia –le dijo–. Tú puedes quedarte donde quieras.

–¿No vuelves a Figueras?

–El castillo será pronto un recuerdo de piedra, una ruina, cuatro tapias derrumbadas... No me hagas más preguntas, Teresa. Los dos pasaremos a Francia pero allí tendremos que despedirnos.

Al decir esto, Carlos advirtió que esa despedida que anunciaba suponía cosas bien distintas para cada uno. Él sabía muy bien lo que tenía que hacer al otro lado de la frontera, y a dónde debía ir. En cambio, pensó Carlos, esa misma despedida para Teresa sería el principio del vacío, la continuación de la nada. A Carlos se le astillaban las fibras de cariño que sentía por ella al comprobar que era imposible continuar con Teresa cuando más falta iba a hacerle, en mitad de un nuevo país, refugiada, fugitiva, española en el sur de Francia. Y pensó que esa despedida que muy pronto habría de venir iba a ser probablemente la definitiva, porque nunca más volverían a verse.

–¿Dónde irás? –le preguntó Carlos.

Teresa dudó antes de contestar. La corta pregunta no tenía respuesta fácil.

–Me acercaré a la costa..., buscaré a Alberto, buscaré a Machado...

–¿A Alberto?

–Él no ha podido dejarme así. No debió de tener tiempo de despedirse de mí –mentía con esfuerzo Teresa–. Estará esperándome en algún lugar cerca del mar, desde donde se vea la costa española.

–Estará entre alambradas, seguramente, con otro medio millón de evadidos.

Carlos advirtió en ella una duda infinita, la sensación exacta de no tener ningún lugar a donde ir, de no tener nada que hacer, de estar completamente perdida a los dos lados de la frontera y se detuvo en el rincón más denso del espeso dolor que le producía tener que dejarla sola en un camino. Pero, por encima de todo, se persuadió con fuerza de que no podía comprometer su misión en Suiza.

–Escúchame, Teresa... Alberto se ha ido para siempre y tú lo sabes tan bien como yo. En cuanto a lo de tu poeta... ¿cómo crees que vas a encontrarlo?

Teresa bajó al suelo su mirada y puso sus ojos a la huida de los ojos de Carlos. Se sintió nuevamente avergonzada y sola. Tuvo, sin embargo, el valor de decir la verdad.

–Estoy atrapada entre dos países. Sin poder volver atrás y sin nada por delante. ¿Qué quieres que te diga? ¿La verdad? La verdad es que no sé qué voy a hacer ni dónde voy a ir...

Se calló repentinamente sin acabar la frase. Miró a Carlos, que la miraba a ella y añadió:

–Es como si mi vida se hubiera roto en dos mitades. No existe ya Figueras ni aquel soldado que tanto he querido y que tanto dolor me ha causado... Pero yo seguiré hacia adelante.

Carlos la escuchaba atentamente.

–Quiero decir –explicaba Teresa– que soy ahora otra mujer, como si nada del pasado me sujetara ya. Ni soy enfermera, ni republicana, ni me llamo Teresa. Como si volviera a nacer. Dejé el recuerdo de Alberto en el patio del castillo, dejé en Figueras mi pelo largo y todas mis lágrimas, dejé atrás la enfermería y tres años de guerra. Soy lo que vaya a ser a partir de ahora y no lo que ya he sido.

El silencio se hizo en ese momento más elocuente que todas las palabras y se cargó de posibilidades y de dudas. Para cambiarle el gesto duro que había puesto, para moverle el ánimo a territorios más suaves, Carlos inventó una frase que abriera la sonrisa de Teresa.

–¿Otra mujer? ¿Ni eres enfermera ni te llamas Teresa? Está bien, Alicia. Te llamaré Alicia. Ese nombre suena bien y me da esperanzas. Quizá ahora tenga alguna posibilidad de que te fijes en mí...

–Ya me fijé en ti hace mucho, cuando no me fijaba en nadie.

NUEVE

Figueras soportó once bombardeos en dos días. Álvarez del Vayo se asombraba de la intensidad de los ataques porque había recibido garantías de que el gobierno de Burgos conocía los planes de la evacuación. A Vayo le constaba que los museos de Europa y el propio comité internacional habían enviado telegramas a Jordana señalando que se estaba realizando el salvamento del tesoro artístico y rogando una tregua en los ataques. Sin embargo, las carreteras que se dirigían a la frontera estaban siendo castigadas con mucha dureza. Los refugiados, los hombres y las mujeres que ocupaban los caminos, los miles de fugitivos, estaban siendo ametrallados y trataban de dispersarse por los campos para no ser alcanzados. Las carreteras se hacían intransitables y Vayo comprendió que la información que se había recibido en Burgos para evitar los bombardeos había sido utilizada por Jordana, precisamente, para atacar todavía con más fuerza en esos días y en esos caminos, sin otra explicación que no fuera la voluntad de causar daños a las obras de arte.

Fueron dos días, dos largos días al abrigo de las ruinas, entre las piedras desmoronadas del castillo, debajo de los sillares de las murallas, dos días de ataques permanentes, innecesarios, excesivos. Álvarez del Vayo ya no disponía de su despacho, cuyo techo y dos paredes se habían hundido. Muchos miembros del gobierno, incluso el presidente Azaña, habían pasado la frontera unos días antes, huyendo de las bombas. Y allí, delante de Figueras, podían verse, instaladas cómodamente, las posiciones de los sublevados, que habían llegado ya a la última línea, que esperaban sólo una orden de ataque para caer sobre la ciudad y reducir el castillo. Un día antes, las tropas rebeldes ganaron Palamós, Cassá de la Selva y La Bisbal. Ese mismo día ocupaban La Pobla de Lillet, tomaban la carretera de Puigcerdá y rebasaban, por la mañana, Ripoll, Batet y Olot. En un avance incontenible, los rebeldes ocuparon, finalmente, Orriols, Cornellá de Terri y Canet de Adri. Por la noche, Bañolas era ya una ciudad tomada por los sublevados.

A las tres de la mañana, el jefe del Estado Mayor, general Rojo, firmó la orden de retirada. En un extenso documento en el que daba instrucciones militares a los jefes del Ejército, ordenaba a todas las unidades militares abandonar completamente cualquier posición en Cataluña. Se dejaron muchas armas tiradas por el suelo, explosivos, archivos, papeles, mapas militares, todo lo que no podía ser cargado en los coches que quedaban o que no pudiera transportarse entre los brazos.

Las órdenes del jefe del Estado Mayor eran, en realidad, una sola: la retirada completa y el reconocimiento de la superioridad del enemigo. Vayo y otros miembros del gobierno viajaron en vehículos ligeros hasta Le Perthus, por donde pasaron al otro lado del límite geográfico, abandonando, definitivamente, España. Por detrás de ellos, compañías de zapadores y guerrilleros se ocupaban de preparar la estrategia de destrucciones con las que se quería frenar el avance enemigo. Se dinamitaron carreteras y puentes, se derribaron árboles en los caminos y los depósitos de municiones se rodearon con dinamita. Lo que en las órdenes escritas del general Rojo se llamaba repliegue ordenado se convirtió en una huida desesperada.

A las doce menos diez de la mañana, el castillo, ya deshabitado, saltaba por los aires. Los depósitos de municiones y los bidones de gasolina temblaron con la primera mecha encendida y se produjo una reacción en cadena de las cargas de dinamita que se encargaron de fragmentar los muros, derribar los techos, arrojar moles de piedra a centenares de metros, como si el castillo mismo se hubiera convertido en una bomba o en un agujero abierto encima del infierno. Y a las seis y media de la tarde, la Quinta División de las tropas nacionales ocuparon Figueras y su castillo, que era entonces ya una ruina, una montaña de piedras amontonadas y derruidas, una escombrera sin forma. Los soldados que entraron por las murallas, ya abatidas, encontraron varias baterías completas, algunas piezas sueltas de artillería y abundante material de guerra en estado inservible.

Álvarez del Vayo, sentado en la parte trasera del vehículo que le llevaba a la frontera, escuchaba las explosiones, la labor de los zapadores destruyendo las carreteras casi al mismo tiempo que él pasaba y veía cómo el asfalto saltaba en mil pedazos a su espalda, cómo volaban moles de piedra dinamitada apenas su coche rebasaba las posiciones de las cargas explosivas. Y era esa imagen espantosa de las destrucciones lo que le hacía pensar que, en realidad, estaba dejando atrás su propia biografía, que con las voladuras se iban al aire los proyectos, los esfuerzos, todo cuanto había hecho e imaginado, para caer después al suelo convertido en ruina. Le pareció que no estaba escapando de la guerra, sino de sí mismo y con cada estallido temblaba, convertido en escombros, un trozo de su pasado. Había esperado demasiado. Ahora viajaba en un coche por caminos vecinales, tan rápido como podía, huyendo de un enemigo al que casi divisaba, escapando de sus balas y de sus fusiles por sólo unos minutos, por sólo unos cuantos metros de distancia, en el último momento posible, tan tarde ya que apenas podía mirar atrás sin ver el brillo de las armas enemigas o sin escuchar las voces de victoria de los sublevados.

Figueras, un recuerdo. El castillo, una escombrera. Su despacho, sólo ruina. Y el sótano en donde se habían guardado los cuadros del museo, una bóveda destruida por la dinamita. Cuanto más pensaba en los avisos que había recibido el gobierno de Burgos para evitar la destrucción de los cuadros, más se le venía a la cabeza la idea terrible de que aquellos ataques aéreos se proponían, precisamente, acabar con las obras de arte en mitad de los caminos, evitar su evacuación, impedir su salvamento. Se estremeció al pensar que la lógica de la guerra no pudiera guardar una tregua de sólo unas horas para salvar el museo del Prado. Al fin, pensó que los cuadros habían ganado la frontera el mismo día en que Figueras caía, en el último minuto, exactamente en el último minuto.

La tensión acumulada de los últimos días y el insomnio de cada noche le habían agotado. A esa hora, en aquel punto de aquella carretera, a Álvarez del Vayo se le cerraron los ojos por un momento. Cuando los abrió,

instantes después, miró a través del cristal de la ventanilla y vio a un lado y a otro del camino armas abandonadas de un ejército en total derrota, cajas de municiones,
abiertas y cerradas, diseminadas por todo el recorrido,
depósitos de combustible, coches averiados, una estampa
de desatención completa a todo lo que no fuera correr
hacia el norte, ganar la línea fronteriza, llegar al límite.

Aunque Carlos Sánchez sabía que era mejor conducir por la noche y detenerse durante el día, también importaba llegar a la frontera cuanto antes. Los sublevados
ganaban posiciones en los alrededores empujando refugiados hacia el norte y a Sánchez se le figuraba que era
mejor ganar con luz del día el difícil paso por donde
quería entrar a Francia. Condujo en dirección a Port Bou
con las mayores precauciones, entrando cuando podía
en las zonas más boscosas, separándose de las carreteras,
rodando al lado de los caminos sin entrar en ellos, siguiendo las hileras de hayas y de abetos cuando los había, disi-
mulando su presencia y mirando al cielo para ocultarse
en sombra si veía aviones. Sabía que el curso de la guerra
se torcía por aquellos campos en favor de los rebeldes y
decidió no detenerse, hacer rodar el vehículo culebrean-
do entre las haldas de los montes, confundiéndose con
el terreno, tartaleando por las explanadas, esquinando el
camión en los recodos, buscando rinconadas.

Teresa se despertó de un sueño profundo, efecto de
sus días de insomnio y dudas. Cuando abrió los ojos,
Carlos Sánchez mantenía el motor parado y el camión
debajo de una espesura de abetos, como si estuviera gua-
reciéndose de una presencia próxima. Antes de que ella

pudiera hablar, llevó Sánchez los dedos a su boca y le pidió silencio. Pasaba a un centenar de metros un pelotón de soldados o lo que quedaba de los soldados que habían sido, empujados por la derrota, arrastrando los pies con andares de fatiga. Llevaban la tela de los uniformes convertida en trapo y las costuras hechas desgarrones, entregados al fracaso militar, como imagen de derrota. Portaban algunas armas que habían humeado en otras partes y que ahora eran hierro viejo, madera desgastada, fusilería empobrecida en el desastre. No sabía Sánchez si aquellos hombres eran combatientes en retirada, desalentados en la lucha, o si eran desertores entregados al bandidaje en los caminos.

Cuando dejó de verlos, Carlos miró a Teresa en silencio y se adentró durante unos minutos en el estudio de un mapa militar punteado en rojos y azules, salpicado de cruces y señales. Intentaba orientarse y conocer su posición exacta para conducir el camión hacia el paso sin vigilancia por el que quería penetrar en Francia.

En ese momento, como si hubieran llegado sin pisar la tierra, en el mayor silencio, aparecieron por sorpresa en las ventanillas del camión, a sobrevienta y sin aviso, dos hombres de cara arrebatada, apuntando con pistolas. Carlos y Teresa gritaron juntos, tomados por un susto que les paralizó el tiempo bastante para que los hombres abrieran las puertas con la intención de tirarlos al suelo. Uno de ellos desarmó a Carlos de su fusil y éste, viéndose sin arma, cerró un puño y estiró con fuerza el brazo para acertarle en la cara al que más cerca tenía. Al volver la vista, descubrió a seis o siete más, vestidos con sobras de uniforme, que le apuntaban con fusiles. Eran los mismos soldados de los que se había escondido

Carlos, desertores convertidos en bandidos, que vieron el camión disimulado entre las ramas.

Teresa se apretó en el asiento y a puñetazos intentaba defenderse de uno de ellos, que la quería bajar al suelo. Arrancó Carlos el motor, puso el camión en marcha y quiso pasar por encima de quienes le cerraban el camino. Colgado de la puerta abierta, uno de ellos empujaba el cuerpo de Carlos hacia afuera para sacarlo a golpes del camión, mientras él intentaba vencerse hacia el lado contrario, sujetando el volante y conduciendo a ciegas, luchando por evitar los golpes. Extendió la pierna y pisó la mano del bandido, que dejó de sujetar la puerta y cayó al suelo.

Salieron así de la trampa a un claro donde no vieron más peligro que el que dejaban atrás y miraron los dos al grupo, del que se alejaban a la velocidad que el camión les permitía. Fue entonces cuando les dispararon. Una bala perforó la chapa de la cabina y fue a alojarse en la zona alta de la cintura de Carlos, entre las costillas y la cadera izquierda. En esa situación soltó el volante y con los pies aún firmes en los pedales, le pidió a Teresa que sujetara la dirección para mantener el control del vehículo. En marcha, cambiaron de asiento y él se tumbó en medio de un charco de sangre que le brotaba por la camisa, empapándole la ropa. Teresa aceleró sin pensar en el peligro de volcar, puso enormes nubes de humo en el aire y se alejó, con las manos en el volante y las ruedas forzadas, a la mayor velocidad que pudo.

Unos minutos después, lejos de allí, pálido y vencido por el dolor, Carlos desencajaba la cara y no acertaba a fijar sus ojos en ningún sitio concreto. Teresa detuvo el camión debajo de unos árboles y miró a Carlos, que estaba casi desvanecido, apretándose la herida con las manos.

–¿Puedes andar? –le preguntó.

A Carlos, el dolor le impedía hablar. Movió la cabeza para responder que no podía moverse de donde estaba.

–Tienes que bajar del camión. Tienes que tumbarte en la tierra para que pueda ver la herida.

Con un enorme esfuerzo, Carlos se movió hasta que puso las piernas a salto corto del suelo. Teresa le sujetó de un costado y cargó por un momento todo su peso en la espalda. Cuando estuvo fuera, no pudo apoyar los pies, se cayó al suelo y Teresa le hizo dar una vuelta hasta que quedó tendido boca arriba, debajo de los árboles, sobre unas briznas de hierba que asomaban entre restos de nieve. Nerviosa, muy nerviosa, Teresa levantó la ropa, desabrochó la camisa y descubrió la herida. Vio allí, teñida en rojo, la piel perforada de Carlos y el agujero redondo que el proyectil había dejado. Ella supo en seguida que la bala había penetrado limpiamente en dirección perpendicular al eje del cuerpo, sin ascender hacia el pecho ni descender hasta el muslo.

Teresa recordó entonces que, en el castillo, al subir al camión para esconderse, había visto algún instrumental rudimentario de quirófano abandonado en el montante. Confió en que aún estuviera allí, subió al vehículo y recogió del suelo dos pinzas, un bisturí y unas gasas. Volvió corriendo al lado de Carlos, con la prisa que pedía su estado. Se arrodilló a su lado y decidió hacerle la cura que permitieran los medios de que disponía.

–Voy a sacarte la bala –le dijo con autoridad.

Carlos le sujetó las manos con las suyas y la miró desde el fondo de unos ojos desvaídos.

–¿Puedes hacerlo? –le preguntó él, suspirando.

–Vamos a hacerlo los dos. Toma este trozo de nieve y

manténlo sobre la herida. Es muy importante que pongas la nieve encima para limpiar la herida. Muévelo..., mueve el hielo. Así..., así... Pon el hielo encima. Esto te va a doler un poco.

Practicó dos incisiones con el bisturí, una en cada extremo de la herida, rasgando todavía más el agujero sangrante y le pidió de nuevo que pasara por encima el hielo. Entonces utilizó una de las pinzas para hacer mayor la abertura, separar la carne y agrandarla. Con la mano izquierda mantuvo abierta la pinza, sujetando, arriba y abajo, los labios de la herida.

–Ahí está..., ahí está. Resiste un poco más.

Se quedó en silencio Teresa, concentrada en lo que hacía. Suspiró profundamente para deshacer el nudo de nervios que le atravesaba el cuerpo. Cuando estuvo segura de poder llegar al proyectil, dijo:

–Voy a coger la bala, Carlos. No te muevas. Lo que ahora importa es que no te muevas.

Con la mano derecha introdujo en el cuerpo de Carlos las pinzas.

–Tengo que sujetarla... No podré sacar la bala si no la tengo bien sujeta... Si se escapa, se irá para adentro.

Carlos dejaba caer sobre la herida el agua en la que se convertía el hielo y cerraba los ojos para soportar el dolor.

–Aquí está... En esta parte del cuerpo no hay grandes arterias ni hay órganos vitales... Preparado, Carlos. Ni un movimiento. Voy a cogerla.

Aguantó la respiración, puso cuidado en el tacto de sus dedos y rodeó la bala con las pinzas.

–Estoy cogiéndola, Carlos. Está aquí.

Las pinzas que manejaba con la mano derecha se

hundían en el interior de la herida mientras la mantenía abierta con las pinzas de su mano izquierda. Cuando estuvo segura tiró con fuerza y apareció el proyectil, fuera del cuerpo de Carlos.

–¡Ya está! –dijo con alivio.

Carlos miró la bala con la vista nublada en lágrimas y se desmayó. Teresa agradeció el desvanecimiento, vendó la herida con fuerza y puso más hielo en el desgarro para contener la hemorragia. Miró entonces al cielo, suspiró profundamente y valoró el estado del instrumental. Con un bisturí sucio y casi romo y con dos pinzas imprecisas había conseguido extraer la bala, pero podía haber generado una infección, pensaba, mientras se tumbaba en el suelo, cerraba los ojos e intentaba descansar.

DIEZ

Cuando Carlos recuperó la consciencia, tenía fiebre, un inmenso dolor que le mordía el cuerpo y un agujero abierto en el costado. Con la ayuda de Teresa y mucho esfuerzo volvió a ocupar un asiento en el camión, desbaratando su figura para acomodarse sin cargar su peso sobre la herida. En el campo de tierra con briznas de hierba quedaron las pinzas, el bisturí y la sangre cuando Teresa arrancó el motor y puso rumbo al paso fronterizo.

Vendado, casi inmóvil, con la frente quemada por la fiebre y la mirada borrosa, Carlos intentaba mantenerse en conversación con Teresa porque sabía que el silencio le haría abandonarse a su dolor. Excitó su ánimo, buscó la manera de no cerrar los ojos, apretó los dientes, cerró los puños, sacó el coraje necesario para impedir que su cuerpo exigiera más cuidados y fundó su valentía en la urgencia de llegar a la frontera.

–¿Lo habías hecho muchas veces antes? –le preguntó Carlos, señalando los vendajes.

–Nunca –mintió Teresa con una sonrisa.

–Siento haberme desmayado.

–Tenías que haberlo hecho antes. Se opera mejor en un cuerpo dormido.

Con el mapa entre las manos, doblando el costado a veces, quejándose de un dolor obstinado que no le abandonaba, Carlos lamentaba en silencio su situación y llevaba los dedos a la herida. Repentinamente tuvo miedo de que el agujero no llegara a cerrarse.

–¿Crees que me pondré bien?

–¿Quieres que sea sincera?

Carlos torció el gesto, esperó un instante y respondió:

–No estoy seguro.

Teresa abría los brazos para sujetar el volante.

–El único problema es que a la herida llegue ahora una infección. Pero si no se infecta cicatrizará en pocos días y el dolor cada vez será menor.

–¿Te he dado las gracias?

–Muchas veces –mintió otra vez Teresa.

Después de una hora de camino, Carlos levantó los ojos al cielo, miró entre dos árboles la altura del sol y advirtió que habían llegado al paso fronterizo por donde pretendía pasar a Francia.

Teresa enfrentó las ruedas con el tronco húmedo de un abeto y retrocedió unos metros entre la sombra de las ramas. Paró el camión en ese punto y giró el volante para salir de la espesura hacia un claro arenoso bordeado de maleza. Carlos le señaló la ruta que debía seguir y bajó entonces el declive empinado de la ladera de un cordal que terminaba en una arista cortada a pico. Sobre el hielo de una garganta estrechada entre dos alturas de granito se deslizó el camión peligrosamente y tuvo ella entonces que frenar dos veces para no volcar, vencidos por el peso.

Teresa paró el vehículo bajo la sombra de una loma que pintaba en ocres la indecisa tierra quieta entre dos países. El cielo se vaciaba de azules lentamente y colgaba luces redondas en el aire como presagio de la noche. La silueta negra de una montaña remota recortaba el brillo amortiguado del sol ya casi desaparecido y Teresa Munera ganaba aliento para respirar profundamente un aire cargado de aromas de romero. Bajó al suelo y asomó el cuerpo a un barranco seco que podía haber sido arroyo en otro tiempo. Allí miró al horizonte y vio la inmensidad ya casi envuelta en noche de un valle extenso que ganaba anchura a cada metro.

Carlos, con dificultad, dejó la cabina del camión y se acercó a Teresa a pasos cortos, medio doblado sobre sí mismo, forzando la cintura. Allí, desde la cima de una montaña a la que empezaba a faltarle luz, contempló el valle francés que se abría abajo.

–Teresa... No, no, Teresa no. Quiero decir Alicia. Alicia... –dijo Carlos, cambiándole deliberadamente el nombre.

Teresa sonrió. Después, sólo sonó el viento.

–Alicia... –continuó Carlos–. Tengo algo muy importante que hacer a ese lado de la frontera. Si hemos llegado hasta aquí no ha sido sólo por traerte a Francia. Yo también tengo que pasar y seguir viaje hasta Suiza.

–¿Hasta Suiza?

–Voy a Berna. Mira..., creí que no iba a tener que contártelo... Pensé que al llegar aquí nos despediríamos, como tantas veces. Pero estoy herido. Con este balazo que me come de dolor por dentro y esta fiebre, si no me ayudas, no podré hacer nada.

Se dibujó en el rostro de Teresa una sonrisa porque supo entonces que se desvanecían las despedidas, que seguirían juntos y que no iba a pasar sola la frontera.

–Te ayudaré. ¿Qué tenemos que hacer? –preguntó Teresa, acentuando el plural.

–Un contrato. Un contrato muy especial... y muy en secreto. Pero no puedo decirte nada más. Es un asunto... de guerra. Un encargo del gobierno.

Teresa advirtió repentinamente que Carlos no quería seguir hablando, que había iniciado la conversación sólo para pedirle ayuda y que alguna razón remota le obligaba a guardar silencio sobre sus planes. Creyó que, si era cierto que tenía un encargo del gobierno relacionado con la guerra, debía de ser muy especial para tener que realizarlo en Suiza. Pero se asombraba al mismo tiempo de que aquel soldado que nunca había destacado por nada más que por sus gestos amables o su sonrisa enamorada, el soldado más común de los que poblaban el castillo de Figueras, tuviera ahora que realizar una operación internacional en otro país. Teresa quería saber más, pero supo entonces que si forzaba más preguntas o mostraba su interés Carlos callaría las respuestas y protegería el secreto de cualquier asedio. Notó que le había dicho sólo que necesitaba su ayuda y en esa necesidad que a ella le sonó a esperanza cifró la ilusión de no quedarse sola en mitad de Francia sin tener dónde ir ni a dónde dirigir sus pasos ni sus días. No le hizo más preguntas para que Carlos no devolviera a su garganta los secretos que había despuntado con palabras, pero le miró con un gesto difuso que pintó en su cara los rasgos de un enigma. Carlos pudo ver que Teresa encentaba una curiosidad apenas dibujada en su modo de mirar pero que renunciaba a hacerle más preguntas, lo que le procuró el alivio de no tener que inventar excusas para el silencio. Esa actitud, que Teresa había medido con cuidado, obró el prodigio de situar a

Carlos en la postura de quien adquiere la deuda de una explicación, como si la renuncia a preguntar diera al silencio la eficacia de una pregunta completa e incontestada.

En la cumbre donde estaban de pie, todos los ruidos habían cesado para que sonara sólo el viento. Una alfombra verde de pinos inclinados ascendía al asalto de las cimas y, detrás de ellos, brillantes de resplandor opaco, una multitud de picos y de aristas, de agujas de piedra cubiertas de nieve tocaban el cielo perpendiculares, erizadas, innumerables, como enormes grupas óseas.

Teresa y Carlos permanecían inmóviles al lado de un abismo abierto hacia el valle entre dos montañas, masas brutas que se elevaban por encima de las nubes con una potencia infinita. Ventisqueros blanquecinos se abrían paso colgados de los rudos perfiles de las paredes, enrojecidas por musgos secos y líquenes antiguos y un desfiladero en pendiente parecía ser el estrecho camino arenoso por donde se unían dos países.

Teresa llenaba su mente de curiosidad y, a pesar de haber comprobado que Carlos estaba dispuesto a no revelarle qué tenía que hacer en Suiza, insistió:

–¿Cómo voy a poder ayudarte si no sé para qué vas a Berna?

Carlos necesitaba a Teresa para cruzar la frontera tanto como ella le había necesitado a él para llegar hasta allí y se dio cuenta de que su silencio sólo servía para arriesgar esa colaboración.

–Alicia... Voy a Suiza a conseguir armas para la República –dijo Carlos después de un largo silencio, llevándose la mano a la herida–. Armas que permitan –añadió– prolongar la guerra unos meses más.

–¿Prolongar la guerra? ¡La hemos perdido!

–Prolongarla unos meses más. Hasta que las democracias europeas se den cuenta de que si no vencen al fascismo en España tendrán que combatirlo en sus propios países.

–¿Tú tienes ese encargo del gobierno? –se asombraba Teresa, que no pudo reprimir entonces la pregunta.

–Es todo lo que puedo decirte.

–No es mucho precio por sacarte una bala del costado. Pero no voy a dejarte solo –dijo Teresa que, al mismo tiempo, recogía con su mano la maleta de Machado.

Se abría por primera vez en la cara de ella una sonrisa ajena a los trabajos de la guerra, como si hubiera escuchado una broma que le despertara la risa. Miraba al suelo para hurtar su gesto a la vista de Carlos y abría los ojos con asombro, sin poder creer que aquella fuera la causa real por la que Carlos cruzaba la frontera. Se detuvo un momento, como si lo que había oído le pesara en todo el cuerpo.

–Vamos, Carlos…, dime la verdad. ¿Va a resultar ahora que estoy viajando con un espía? –le preguntó escéptica, riendo, abriendo en la boca una carcajada que se perdió en el aire.

–Es mejor que te haga gracia, porque es verdad.

Saltaron una hilera de matojos y, agarrándose a las paredes de un peñasco vertical, pasaron por la estrechura de una cuesta en desnivel. Desde allí contemplaron el tapiz de hierba de un valle penetrado de penumbra y niebla que llegaba hasta el horizonte. Caminaron por la pendiente de una loma y bajaron la línea oblicua de un cerro pintado en gris de roca. Cuando la noche se hizo dueña del paisaje y desaparecieron las siluetas de los árboles, confundidas en negro con la tierra, Carlos se detuvo, miró a Teresa y le dijo:

–Hemos pasado. Esto es Francia. Parece como si la herida me doliera menos.

–Este aire ya no huele a humos y a metralla –dijo ella.

Correajes de cuero brillante sobre el azul oscuro de la camisa, vestido a la vez de paisano y de militar, Eugenio D'Ors luce una calvicie redonda en su cabeza de catalán. Ha vuelto de San Sebastián para entrevistarse con el general Jordana y espera en la antesala de su despacho unos minutos, de pie, como supone que deben esperar los intelectuales fascistas. Tiene algo de soldado antiguo, perfil romano, aspecto de Cicerón uniformado dirigiéndose al Senado. En la antesala huele a mueble de madera, a barniz deslucido y seco, a papel oficial y a pistola. Mantiene Jordana la puerta cerrada y D'Ors apoya firmemente sus pies sobre las baldosas oscuras mientras mira las paredes claveteadas de mapas militares y símbolos de la milicia. Aquel territorio de espera, el umbral del despacho del ministro es enteramente el centro de la batalla, como la atalaya del frente, la oficina de la guerra, la capital del mundo. Tiemblan en los cajones las hojas manuscritas, las firmas necesarias y las carpetas abiertas como trincheras de papel. Pero hay en el aire un regusto provinciano a tertulia de café, una tufarada a guiso de domingo, la mezcla inseparable entre el esplendor de las salas oficiales y un cierto ambiente de domicilio abierto a las comadres, como si en los pasillos de Capitanía general se criaran a la vez cocineras y generales, mancebos de tienda y emperadores. Ni la victoria, tan cercana, ni el sentimiento imperial de la Cruzada, ni el pomposo título de los cargos políticos han remediado la obstinada permanencia de un olor a garbanzo mesetario. Eugenio D'Ors tiene otro estilo que se advierte en su figura de hombre enorme que lleva su tallada cultura como un adorno. Ha vuelto de San Sebastián con la imaginación puesta en el artículo que piensa escribir, con el recuerdo de los versos de Quevedo, a través de paisajes históricos, entregando el tiempo del viaje a un libro. Y al llegar a la ciudad antigua, subiendo por el Paseo, camino de la plaza, ha recordado la Historia de España, las gestas de la Reconquista, los versos del Mio Cid. Eugenio D'Ors vive dentro del vasto panorama de su propia cultura.

Jefe Nacional de Bellas Artes, miembro del Patronato del museo del Prado, conversador de oficio y calidad, D'Ors da unos pasos cortos ante la puerta del despacho de Jordana, que permanece cerrada. Pasea con la altivez de un personaje de tragedia del Siglo de Oro, con la pesantez de su cuerpo, el pecho erguido, el perfil numismático. Y disfraza dentro del uniforme de falangista un intelectual experto en Arte e Historia que ha encontrado en la tela azul de su camisa y en el cuero de sus correas un orden nacional y superior, un estilo militar, imperial y fascista muy de su gusto.

Jordana abrió la puerta y le invitó a pasar al interior del despacho. Después de los saludos y de un principio de conversación sobre asuntos sin importancia, el general le mostró el informe jurídico que había solicitado a sus asesores.

–Ya sabe usted, D'Ors, que quieren llevar los cuadros a Ginebra, a la Sociedad de Naciones. Es como si quisieran reírse de nosotros poniendo todo el tesoro artístico en la sede de un organismo antiespañol.

Jordana le explicó, muy por encima, el contenido del informe jurídico.

–Para evitar que los lleven a Suiza –dijo el general– los asesores me recomiendan plantear una demanda judicial ante los tribunales franceses, ahora que los cuadros han llegado a Francia. Se diría que los cuadros han sido sacados de España por los rojos, que los han robado y se los llevan.

–Pero nosotros no podemos hacer eso –objetó D'Ors–. Francia no reconoce a este gobierno. No existimos oficialmente en París. No es posible plantear una demanda si no existimos.

–No sería el gobierno, claro, sino el propio museo del Prado. El museo del Prado sí existe y no necesita que nadie lo reconozca. El museo mismo plantearía una demanda judicial sobre la propiedad de los cuadros, amenazando con hacer responsable por encubrimiento y complicidad al gobierno de Francia.

Aprovechó D'Ors el silencio para valorar la propuesta.

–Eso retrasaría el transporte a Ginebra. Los cuadros se quedarían en Francia hasta que los tribunales decidieran –añadió Jordana–. El tiempo suficiente para acabar la guerra.

–Pero usted sabe, como yo, ministro, que ya no hay tiempo. Las obras de arte viajarán a Suiza inmediatamente, antes de que podamos ni siquiera redactar la demanda judicial.

–El tiempo. Siempre el tiempo. ¿Sabe, D'Ors? El tiempo es la clave de esta guerra. Quiero que vaya pensando en la demanda judicial. Si los cuadros llegaran finalmente a Ginebra, usted iría a Suiza a reclamarlos como Jefe Nacional de Bellas Artes. Ya sabe que Suiza ha reconocido a este gobierno. Allí las cosas serán más fáciles que en Francia.

ONCE

Teresa y Carlos Sánchez entraron en Francia por un estrecho paso de montaña cercano a Port Bou, entre cimas desnudas azotadas por ventiscas. Crecían allí musgos batidos en el aire, musgos que habían perdido el matiz verde y fresco de los valles y se habían tostado a la luz de las cumbres con tonos ocres. Otros eran ya cortezas rojizas pegadas a las rocas y parecían formar parte de las piedras, convertidos casi en materia mineral, como nudos retorcidos de vegetación antigua.

Bajaron barranqueras y pozas, venciendo las arrugas del suelo, señales que a la tierra habían puesto las erosiones de agua y viento. Al llegar al valle, después de una andadura en desnivel, habían provocado con las botas arañadas dos aludes pequeños de rocas y guijarros, descendiendo entre piedras estériles, aplastadas y deshechas, rotas unas por el peso de otras, cuyas puntas ásperas redondeaba el tiempo. El esfuerzo del descenso, el cuidado en cada paso, la tensión del cuerpo, habían hecho que la herida de Carlos se abriera de nuevo. Brotaba sangre del costado y se vaciaba de dolor el agujero, un dolor que avanzaba hacia adentro, como si la mordedura de la bala quisiera llegar hasta las vísceras. Se le nublaba a veces la vista a Carlos, que apretaba con fuerza el carnazón púrpura de los restos del balazo. Sin luz apenas, sólo iluminados por una luna baja que se movía en un cielo de nubes, Teresa no podía examinar la desgarradura de aquel corte y no disponía de elementos que permitieran cerrar la herida, como no fuera a fuego vivo.

Desde la falda baja de la montaña, el camino parecía hacerse liso y, a pasos cortos, lentamente, aguantando el dolor, Carlos y Teresa llegaron al borde de dos filas de abetos que eran puerta de bosque claro al pie del valle. Atrás dejaban las laderas, las pendientes, la inclinación del terreno y la montaña.

–Descansa aquí –le propuso Teresa.

–Ahora menos que nunca. Casi hemos llegado a donde voy. Necesito que me ayudes. Mira ese camino de tierra. Síguelo y encontrarás un coche dentro del bosque. Te esperaré aquí. Ya no puedo moverme.

Teresa siguió el camino, entró en el bosque y descubrió la silueta en negro de un automóvil iluminado por la luna. Sujetó el volante, encontró puesta la llave de contacto y puso el motor en marcha. Pensó Teresa en todo a la vez, como si a su cabeza llegaran repentinamente, sin aviso y en tromba todas las dudas, las incertidumbres y hasta el miedo. Estaba al lado de un hombre herido que no sólo conocía los lugares de mayor seguridad para el paso de la frontera, sino que contaba con una invisible ayuda exterior que le proporcionaba un automóvil disimulado en la espesura. Se convenció de que Carlos tenía una misión que realizar y que cuanto le había dicho era cierto. Consideró entonces que aquel soldado era un hombre que intentaba todavía torcer el curso de la guerra. Esa idea cautivó su pensamiento. Recordó la actitud de

Alberto frente a las ideas políticas y resonaron en su mente las palabras de desprecio por todas las banderas que una noche le había dicho en el sótano donde hacía guardia. Ahora estaba, sin embargo, junto a un soldado que creía que aquella lucha entre españoles no era inútil y que tomaba partido por la República, convencido de que estaba librando una guerra entre dos sistemas cuya diferencia iba a ser la libertad. Le pareció entonces Carlos bien distinto de Alberto y por eso mucho mejor que él.

Al salir al camino, con el coche en marcha, se sintió dichosa de poder ayudar a aquel soldado y segura de poder hacerlo. En cierto modo agradeció en secreto que una bala se hubiera alojado ya sin riesgos en su costado porque eso hacía que, por encima de cualquier otra decisión, ella fuera necesaria.

En el vehículo ambos, dejaron el camino a los pocos kilómetros y salieron a una carretera muy cercana a la costa desde donde podía verse el mar. Al fondo, un horizonte de agua en calma y un cielo ennegrecido.

–Lo tienes todo previsto, Carlos. Coche, gasolina y conductora. Nada puede salirte mal.

–Y un lugar donde curarme. Tuerce allí, a la derecha, por el camino estrecho.

Al girar el volante, apareció un sendero de grava que conducía a una casa a cuya puerta detuvo Teresa el coche. Al ruido del motor se asomó entonces un hombre que, al ver a Carlos herido, llamó a su mujer y entre los tres le llevaron dentro. Dispusieron una habitación cálida y le tumbaron en la cama con cuidado. Teresa comprendió que aquellas dos personas conocían a Carlos, que estaban esperándole y que, seguramente, habían sido ellos quienes dejaron escondido el coche al lado de la frontera. El herido hablaba con ellos en francés, idioma que ninguno de los tres dejaba de usar y que Teresa no entendía. Estar en una casa que sacaba al aire humo de leña por una chimenea nutrida de troncos, al abrigo de paredes sólidas, con cama y mesa, le pareció a ella la mayor alegría que tenía desde hacía mucho tiempo. Y todo se hizo allí calma y serenidad, como si la guerra, realmente, hubiera quedado ya definitivamente atrás. Fue entonces cuando Teresa reconoció que estaba por fin en otro país, que había atravesado la absurda e inconcreta, pero muy clara raya que dividía un país metido en la locura de la guerra de un país en paz.

–Ellos no hablan español. Dicen que no podemos llamar a un médico –le explicaba Carlos a Teresa– porque esto es una herida de bala y haría muchas preguntas inconvenientes. ¿Puedes coser este agujero maldito si te dan lo que necesitas?

–Lo principal es limpiar la herida otra vez, coserla y ponerle un vendaje. ¿Tienen hilo de sutura?

Carlos preguntó en francés y le dijo luego a Teresa:

–Tienen todo lo necesario para limpiar y vendar. Para coser..., hilo de pescar.

–Es perfecto. Y una aguja. Necesito una aguja afilada y resistente.

Carlos, que ya había manchado las sábanas de sangre, urgió a los dueños de la casa para que llevaran allí cuanto Teresa pedía. Esterilizaron con agua caliente trapos limpios, desgarraron las vendas en trozos pequeños, mandó Teresa que le quitaran la almohada para que la espalda estuviera recta y ablandó con agua los coágulos. Cuando tuvo la herida en carne viva tomó un frasco de alcohol, miró a Carlos y le sonrió para alejar el drama.

–Tenemos alcohol, vendas, gasas, hilo... Te vas a poner bien.

Carlos la miró con ojos de deuda, con un gesto de enorme gratitud.

–Cógeles las manos. El alcohol te va a hacer sufrir.

–Alicia... –acertó a silabear Carlos, casi ya desvanecido–. Son amigos que van a ayudarme a llegar a Suiza.

–Ahora, Carlos, valiente. Apriétales las manos –se limitó a decirle.

Y aplicó a la herida algodones empapados en alcohol con los que separaba los labios del desgarrón y limpiaba el interior del agujero. Carlos quiso evitarse el trance y se movió desesperadamente, agitando los brazos, doblando las piernas. Teresa enhebró el sedal en una aguja esterilizada al rojo vivo y suturó la herida cuidadosamente. Ese fue el momento en el que Carlos perdió, completamente, el conocimiento.

–¿Por qué no lo habrás hecho antes? –dijo Teresa en voz alta.

Tapó el costado de Carlos con gasas y rodeó su cintura con vendas. Le dejaron desvanecido sobre la cama, le arroparon con sábanas y mantas y abandonaron la habitación.

En la planta baja, invitaron a Teresa a sentarse junto a una mesa. Sirvieron sin preguntas pan del día, dos clases de queso, un trozo de bizcocho con pasas y un frasco de miel. A Teresa le pareció que aquella casa era la puerta del cielo y no pudo evitar pensar que apenas a unos kilómetros de allí, al otro lado de esa línea delgada e inconstante con la que se pinta en los mapas la frontera, un país entero moría de hambre, de odio y de metralla. En aquella casa había miel y alcohol, pasas y vendas, bizcocho y algodones, pan del día, vino, leña, queso, mesa y cama.

—Anatole —se presentó entonces el hombre, con una amplia sonrisa.

Y señalando a su mujer, añadió:

—Marie.

—Teresa —dijo ella.

Dudó un momento y corrigió:

—Alicia.

Algún tiempo después, en el que estuvieron intercambiando palabras que no entendían y algunos gestos, Teresa dio por terminada su cena y Marie y Anatole comprendieron que necesitaba dormir. La llevaron hasta una habitación situada en el piso superior donde había una cama cuya sola visión hizo que Teresa se tumbara en ella sin otras despedidas, vencida definitivamente por el sueño y la fatiga.

A la mañana siguiente, Teresa mezcló ropas de Anatole y de Marie, muy de otra talla, para vestirse después de tomar un baño caliente. Sujetó un pantalón a su cintura delgada buscándole el último agujero a una correa de cuero y cubrió el cuerpo con una camisa amplísima y una chaqueta de lana. Así, convertida en figura con más ropa que carne, entró Teresa en la habitación de Carlos, le retiró las vendas y comprobó que a la herida asomaban coágulos de sangre que limpió cuidadosamente. A su frente no subían ahora más que unas décimas de fiebre.

Apareció Anatole en el umbral de la puerta de la habitación con algunas prendas de ropa entre las manos.

—Es para nosotros —le explicó Carlos a Teresa—. Han ido al pueblo a comprarnos ropa. No podemos andar por Francia con uniforme militar.

En el rostro de Anatole se habían dibujado sonrisas y gestos de amabilidad desde la noche anterior, como si se deshiciera en dar a sus huéspedes el mejor trato posible. Esa mañana llevaba puesta en la cara una expresión de clara alegría y, cuando entregó las ropas que había traído, rió ampliamente y movió las manos como si estuviera haciendo una fotografía imaginaria. Después, salió al pasillo y les dejó solos.

–Alicia... Anatole tiene que hacernos unas fotos. No te he hablado de esto, pero... –dejó incompleta la frase.

Teresa asombraba la mirada.

–Va a falsificarme un pasaporte para entrar en Suiza –añadió–. Anatole esperaba que yo llegara solo aquí y no acompañado por una mujer. Ayer les dije que éramos dos en este asunto, para no dar muchas explicaciones. Ahora cree que tú también necesitas un pasaporte y quiere hacerte una foto.

Teresa meditó un instante lo que iba a decir y, sentándose en la cama, al lado de Carlos, le miró fijamente a los ojos.

–Es que estamos juntos en esto –dijo muy despacio, con la voluntad de que esas palabras sonaran firmemente.

–Oh, vamos, Alicia. Ya me has ayudado a llegar aquí. Me pondré bien y seguiré mi camino. Ni siquiera sabes de qué se trata.

–Entonces, cuéntamelo. Porque vamos a ser dos –dijo Teresa.

Por un momento, Carlos aceptó dulcemente esa idea en su imaginación, más como un deseo que como una realidad. La cercanía de Teresa, sus labios cerrados esperando una respuesta y la mirada sobre sus ojos le sedujeron nuevamente, como si todavía fuera posible amarla, como si continuar juntos conjurara definitivamente la condena obstinada de las separaciones. Pasaron por su mente, fugazmente, las veces que la había deseado en el castillo de Figueras, las veces en que todos sus encuentros habían terminado en despedida. Ahora Alberto era sólo un mal recuerdo y ella estaba allí, a su lado, cuidándole, mirándole, pidiéndole seguir juntos. Por primera vez le pedía Teresa que siguieran juntos y por primera vez no le decía adiós con una sonrisa amable.

–No sabes lo que estás diciendo –contestó Carlos, sin embargo.

–Pero sé que vas a hacer un contrato para conseguir armas.

–Eso ya es más de lo que debías saber.

–No parece mucho precio por salvarte la vida –insistía Teresa.

Se quedaron en silencio durante un breve tiempo, mirándose.

–Te contaré una cosa. He salido de Figueras –dijo Teresa– dejando atrás a mucha gente, a los heridos, a los soldados, a otras enfermeras, dejando la guerra como si ya no me importara. Me he sentido muy mal por hacer eso. Porque la guerra es mi responsabilidad. No tengo derecho a escaparme cuando otros se quedan.

Se puso en pie, miró al suelo y continuó hablando.

–Yo he combatido voluntariamente en esta guerra entre camillas y en los quirófanos, luchando por las cosas en las que creo. Y me he ido. Lo he dejado todo como si nada me importara. Ahora puedo remediar esa vergüenza. Ahora puedo seguir luchando. Ese contrato que vas a hacer para conseguir armas es un acto de guerra. Me quedo contigo para seguir luchando.

Carlos la escuchaba atentamente y percibía en las palabras de Teresa una determinación infinita, una decisión firme, la necesidad de borrar su huida de Figueras. Pero Carlos, además, estaba oyendo que Teresa quería quedarse a su lado. Por un momento creyó que nada más que eso le importaba, estar a su lado aun a costa del secreto que guardaba, aun a costa de la guerra. Guardó silencio, pensó en la posibilidad de viajar juntos a Berna, en la deliciosa fortuna de tenerla a su lado y suspiró luego profundamente, como si se estuviera alejando el terrible fantasma de las despedidas.

Entró Anatole en la habitación con una cámara fotográfica en la mano y retrató la cara de cada uno sobre el fondo de una pared blanca. Habló con Carlos mientras Teresa intentaba en vano averiguar el contenido de la conversación. Con otra amplia sonrisa se despidió de ambos y salió al pasillo.

Se quedaron los dos en la habitación mudos, como enfrentados a un abismo, quietos, esperando cada uno que el otro rompiera el silencio. La duda de ambos estaba planteada desde unos minutos antes de que Anatole llegara, una duda que flotaba ahora en el aire. Carlos veía en la situación la posibilidad de seguir al lado de Teresa y ella esperaba remediar su mala conciencia colaborando con él en un acto de guerra lejos de las trincheras. A la herida del costado le llegaba a Carlos un dolor punzante que empezaba a comerle por dentro nuevamente y a los ojos de Teresa asomaba ahora una mirada de ansiedad.

–Cuéntamelo –le pidió–. O no lo hagas. Pero déjame ayudarte.

Con el dolor renovado de su herida a Carlos le llegó

también la dulce sensación de que ambos podían ir juntos a Berna. Entonces se quejó deliberadamente, con la intención de que ella se acercara hasta la cama. Allí compuso una cara de aflicción exagerada para que las manos de Teresa volaran a la piel de su costado. Y cuando sintió sus dedos otra vez, supo que no quería volver a despedirse de ella y que la guerra y los encargos del gobierno y las dificultades y los secretos y todas las batallas no iban a dejar que nuevamente tuvieran que decirse adiós. Sonrió por dentro, aguantó el dolor, cerró los ojos y quiso que Teresa estuviera siempre así, a su lado.

DOCE

Humeaba al amanecer un tren especial de veintidós vagones en la estación de Perpiñán. Cargado con las obras de arte del museo del Prado, antes de iniciar el viaje a Ginebra, reposaba su enorme longitud en la vía cuatro. Por los andenes paralelos, algunos grupos de curiosos asomaban las miradas a esta imagen y podían ver una hilera de furgones sobre las traviesas, sellados y vigilados por gendarmes y guardias móviles. Al borde de la noche, con la oscuridad del cielo disipándose a las primeras luces del amanecer, el tren se estremecía entre vapores de combustión y ruidos de gases blanquecinos que ascendían desde las ruedas hasta el aire. Algunos vagones acogían las pinturas en su interior completamente cerrados, pero otros se habían desprovisto del techo para dar cabida a los cuadros más grandes, contenidos en cajas de madera tapadas, sujetas con cuerdas, alambres y metales. Un perfil irregular, levantado con aristas de cajones y telas cobertoras, se recortaba contra la luz débil de una aurora lenta que se entretenía entre las nubes. A la estación llegaba el aire limpio de un día de invierno francés. Rodeado de dos líneas de policías, como el centro de toda seguridad, el tren se alargaba por la vía cuatro con el museo del Prado en su interior, repleto de arte, lleno de historia, de colores y de lienzos. Veintidós vagones completos de pinturas y de siglos esperaban, sobre los raíles de la estación de Perpiñán, el momento de iniciar el viaje. Periodistas, corresponsales, fotógrafos, miraban el convoy desde la última línea de acceso y trataban de imaginar un titular de prensa, de redactar la noticia, de dar cuenta de la partida de un tren como ningún otro cuya carga era una historia universal de pinceles y de telas, de figuras y de formas, de paisajes y retratos.

Olor a herrumbre y óxido, la estación era a esa hora una cripta de cristal y ladrillo que guardaba en su interior un inmenso tesoro encerrado en cajones, convertido en bultos. Timoteo Pérez Rubio, delegado republicano para la evacuación y el traslado, hablaba en el andén con Jacques Jaujard, envueltos ambos en abrigos de paño grueso. A su lado, Neil McLaren entelaba los cristales de sus gafas con el vaho que salía de su boca. Los tres hablaban de lo que habían conseguido, de las dificultades vencidas para tener allí reunidos y embalados los cuadros del museo y recordaban con una sonrisa la tarde en que a las desvaídas luces de un Opel firmaron el compromiso formal de evacuar las pinturas. Finalmente, reconocían, en menos de tres días habían conseguido llevar los cuadros desde un sótano del castillo de Figueras a un tren en la estación de Perpiñán, desde la tierra ferozmente en guerra de Cataluña hasta el paisaje en paz del sur de Francia.

Con el convoy acordonado por las fuerzas de seguridad, como si el mismo tren fuera el tesoro, sólo los miembros del comité internacional y el delegado español pudieron traspasar la posición de los gendarmes y subir a un vagón para acompañar el cargamento hasta Ginebra. Coloreaba el sol los tejados de la ciudad con timidez todavía cuando la locomotora expelió dos humaredas y se puso en marcha pesadamente. Arrastró los furgones a velocidad creciente y salió de la estación deslizándose sobre dos raíles paralelos que parecían juntarse al fondo del paisaje. El tren serpenteó después en un nudo de vías y adentró luego sus ruedas en el telón difuso de una distancia inconcreta para desaparecer en una curva. A las ocho en punto de la mañana, la enorme longitud del convoy se había puesto en movimiento con dirección a Ginebra. Atravesó el campo francés hacia el norte, dirigiéndose a Narbona y a Montpellier, olvidando el paisaje suave del sur, adentrándose en verdores más brillantes, acercándose a veces a la costa y estirándose por lagos y estanques, dejando entre brumas, mezclado con las nubes bajas y la niebla, un vapor de combustión que ascendía en columna por la chimenea de la locomotora.

Catorce horas después, llegaba a Ginebra el tren. Una noche suiza de aire limpio y helado acogió al convoy en la estación de Cornavin. Deliberadamente despacio, el convoy entraba en la bóveda de cristales y metal de la plataforma dos. Protegido cada vagón por barreras de policías federales y miembros de la policía de seguridad de Ginebra, una multitud expectante se asomaba al espectáculo desde cristaleras y andenes. Las ruedas trabaron su giro con un freno sonoro y chirriante, salieron al aire dos golpes de silbato y dejaron de girar. Cuando el tren se deslizó unos metros por los raíles hasta quedarse parado, humeando, llenando la estación de un olor a viaje largo, a polvo y a hierro, aún se oía, retumbando en un eco difuso, el ruido del roce metálico de los vagones en las vías.

Timoteo Pérez Rubio comprobó que el convoy se había detenido, miró por la ventanilla y se alegró de haber llegado ya al final del trayecto. Le pareció entonces que Figueras estaba ya muy lejos, que los bombardeos no resonarían ya cerca de las pinturas, que se había conseguido, finalmente, salvar el museo del Prado.

Una compañía privada de transporte, contratada por el comité internacional, inició la operación de descarga para trasladar las obras desde la estación de Cornavin al ancho lugar habilitado para ellas en el primer piso del edificio de la Biblioteca de la Sociedad de Naciones. La evacuación había terminado.

Teresa curó cada mañana la herida de Carlos hasta que una nueva encarnadura fue cerrando la boca del desgarro y la fiebre desapareció completamente. Pasó así Teresa cuatro días al lado del enfermo, que se levantaba de la cama para no desacostumbrarse al movimiento y paseaba a veces dando la vuelta a la casa o subiendo y bajando las escaleras que llevaban de la planta baja a su habitación.

Durante ese tiempo, cada mirada entre los dos, cada silencio, era una pregunta incontestada, una suerte de complicidad sin nombre sobre la posibilidad de seguir juntos o de separarse. Carlos había pensado largamente que si renunciaba a seguir con Teresa por continuar solo su plan, como lo había imaginado, estaría inventando una despedida innecesaria que podía significar la separación definitiva de la mujer que más quería. Teresa esperaba poder seguir con él aun al precio de cualquier riesgo, luchando de otra forma, siguiendo en otro sitio la guerra que había abandonado. Encontraba Teresa en las miradas de Carlos ese fondo de ternura que ya le había visto en el castillo de Figueras cada vez que él intentaba seducirla y se complacía en esos ojos como si fueran ojos de esperanza, la única esperanza para no decirse adiós.

Lo que Carlos tenía que hacer en Suiza, pensaba Teresa, debía de ser realmente importante para tener que viajar solo y para que justificara su obstinado silencio. Pero entre los dos fue creciendo una ligazón tenue, una variedad de matices dulces en las palabras y en los gestos, un deseo doble de seguir juntos. Después de cuatro días en la casa de Anatole, a Carlos le había nacido la ilusión de seguir adelante con Teresa y consideraba ya un error ir a Berna solo. Teresa había tenido tiempo de pensar en el pasado, de recordar a ese soldado que la saludaba en Figueras, que la cortejaba de mil modos, de fijarse en Carlos muy de otra manera. No era ya para Teresa, después de pasar la frontera, después del balazo y de las curas, sólo el soldado amable que la buscaba en el castillo de Figueras, sino el hombre que empeñaba su destino en un proyecto, en una acción de guerra. Y a los gestos de Carlos, a sus labios, a sus ojos, a su risa y a sus palabras, les descubría ahora Teresa un encantamiento dulce como de seducción infinita a la que no se atrevía a ponerle nombre.

Esa noche, la misma noche en que los cuadros del museo del Prado llegaron a la estación de Cornavin en Ginebra, Anatole les pidió que bajaran juntos al pequeño y muy disimulado taller que tenía en el sótano de la casa. Por una estrecha escalera con peldaños de madera llegaron a lo que parecía oficina o trozo de ella, alumbrada por luces destempladas, donde Anatole tenía dispuestas dos mesas con aparatos ópticos y de papelería. Sin saber la causa, bajando hacia ese sótano, Carlos le había cogido la mano como un gesto natural o como si fuera costumbre. Puso los dedos entre sus dedos y la apretó dulcemente, palma con palma, desde el primer peldaño hasta que llegaron al suelo. Sintió Teresa el contacto estremecido de las manos y mantuvo la suya al amparo de la piel de Carlos, moviendo los dedos levemente, en una brevísima caricia.

Sobre una de las mesas reposaban, como centro de atención, sobre un tapiz blanco, dos lupas de gran tamaño montadas en estructuras articuladas de metal oscuro y un cartón convertido en retícula milimétrica. A su lado, filos de cuchilla, tinteros, sellos de caucho y pegamentos. Bajo un foco potente que dibujaba un círculo blanco sobre otra mesa, lentes de diversos tamaños y un aparato parecido a un microscopio que Teresa no supo reconocer. Anatole falsificaba allí documentos oficiales, salvoconductos y tarjetas de identidad de varios países por industria propia. Con dos o tres palabras que Teresa no entendió, les entregó a cada uno un pasaporte belga con sus nombres y fotografías y sonrió después, satisfecho del trabajo que había hecho.

–Sus originales son mejores que los auténticos –le dijo Carlos a Teresa–. Vienen de todas partes para pedirle papeles y sellos.

Después de estar en el sótano el tiempo necesario para ver en el taller las habilidades de Anatole y recoger los pasaportes, después de que les enseñara otros documentos para exhibir el resultado de su arte, Carlos subió a la habitación y se acostó. Teresa volvió a descubrir la herida y a cambiarle las vendas. Aunque Carlos notaba todavía algunas punzaduras y tenía momentos de dolor, la desgarradura se había convertido en cicatriz. Ella volvió a apretarle las gasas y le ayudó a tumbarse sobre la cama. Se sentó a su lado para mirar su cara. Teresa empezaba a mirar cada noche la cara de Carlos más que la herida y Carlos miraba los ojos de Teresa cada día como si viera en ellos un paisaje de amor y libertad.

–En pocos días –le sonreía Carlos mientras hablaba y la miraba– hemos pasado juntos muchas cosas...

–Hemos pasado dos veces la frontera...

–Y el asalto de unos bandidos... –dijo Carlos, acercándose a la cara de ella y tocándole los dedos.

–Un balazo... –añadió Teresa, acariciándole las manos.

–Una operación para sacar la bala... –continuó, rozando con su cara la cara de Teresa.

–Comer, cenar, dormir todos los días...

–Y un beso ahora... –susurró Carlos al oído de Teresa, poniendo los labios en su boca.

Se besaron intensamente, como si aquel beso largo y dulce fuera lo único que hubieran deseado durante los últimos días. Puso ella su mano en la nuca de Carlos y desde allí volvió a buscar los dedos de él, entretenidos en caricias sobre su cintura y en la espalda. Abrazados, abrió Teresa los labios para juntarlos luego en otro beso infinito, estremecida, con los ojos cerrados, con el cuerpo entre sus brazos.

–Alicia... –dijo Carlos en voz muy baja.

Y siguieron besándose cada vez con más suavidad, cada vez con menos fuerza, cada vez con más dulzura.

–Alicia... repitió Carlos. Si vamos a seguir juntos, es mejor que sepas lo que tenemos que hacer.

Deshicieron el abrazo torpemente y le pidió Carlos que le acercara el abrigo, que reposaba colgado de una percha del armario. Descosió los corchetes del forro, introdujo su mano por el hueco y extrajo el cuadro de Velázquez que escondía. Teresa llenó de asombro su cara y se quedó paralizada y muda al ver el lienzo.

–Un contrato. Armas a cambio de este cuadro –dijo Carlos.

Teresa seguía sin hablar, mirando la pintura que sostenía Carlos entre sus manos.

–*El jardín de Villa Médicis* –continuó–, pintado por Velázquez.

–¿Es del museo del Prado? –preguntó Teresa.

–Lo saqué del camión durante el viaje, mientras tú estabas escondida.

–¿Qué tenemos que hacer?

–El precio de este cuadro es un cargamento de armas. Entrego la pintura en Berna a quien la espera y a cambio la República recibe las armas. Parece sencillo, ¿verdad?

–¡Es asombroso! ¿Éste es el encargo del gobierno?

–No hay dinero, no hay oro, no hay nada ya en Figueras ni en ningún sitio. Sólo el museo del Prado nos queda. Arte por armas. Este cuadro puede cambiar el curso de la guerra.

Teresa contemplaba el Velázquez con atención y no acababa de comprender que Carlos tuviera en su poder esa pintura allí, en casa de Anatole, escondida en el interior de un abrigo.

–Es asombroso, una operación secreta con un cuadro de Velázquez –se emocionó entonces Teresa, que llevó sus dos manos a la cara para taparse los ojos y dejar de mirar el lienzo.

–Pero Anatole y Marie no saben nada de esto. Sólo saben que vamos a Suiza y es todo cuanto deben saber.

Abrazó Teresa a Carlos con cuidado para no tocarle la herida y, después de un breve silencio, dijo:

–Ahora ya sé por qué salí de Figueras y por qué abandoné España y la guerra. Ahora sé por qué se han juntado nuestros caminos. Tenía que ayudarte en esto, Carlos.

Se miraron un momento, volvieron a abrazarse y se dieron un beso intenso, largo.

–Así que Velázquez era republicano. ¡Viva Velázquez! –gritó Teresa con una sonrisa.

Carlos volvió a poner el cuadro en el bolsillo disimulado del abrigo y le pidió que lo dejara de nuevo dentro del armario, colgado de una percha. Después de hacerlo, Teresa se acercó a la cama, se sentó sobre ella, tomó entre sus manos las manos de Carlos, le miró fijamente a los ojos y dijo:

–En Figueras había un soldado…, un soldado que hacía guardia en el sótano donde estaban los cuadros. ¿Recuerdas? Aquel soldado que tú también conociste me sorprendió un día al decirme que despreciaba todas las banderas, las ideas y los colores porque sólo le importaba su vida.

Teresa tragó saliva, tomó fuerza y continuó:

–Y ahora otro soldado viaja con un Velázquez, recibe balazos y arriesga su vida llevando a Suiza un cuadro para salvar a la República, para que le lleguen armas cuando más las necesita.

Carlos entendió que Teresa comparaba dos actitudes morales y abundó en la idea para adornarse con lo que pudiera.

–Son dos formas de ser y de sentir.

–Son dos formas, sí –dijo Teresa–. Pero sólo en una hay corazón.

–Esos dos soldados estaban en Figueras y sólo uno tenía corazón: el soldado que sólo podía llevarte la maleta o saludarte apresuradamente, o mirarte desde la distancia, o buscarte a cualquier hora...

Se detuvo en ese punto Carlos y continuó después de un momento de silencio, cambiando el tono, como si iniciara el relato de una larga historia.

–Había en Figueras una enfermera que cada noche se asomaba a un tragaluz...

–No sigas –le pidió Teresa, apoyando los labios en sus labios. No sigas esa historia. Esta noche aquel pasado ha terminado con un beso.

TRECE

—

Jacques Jaujard lucía en la mirada esa mañana el adorno de un gran triunfo y llevaba colgada de la boca una sonrisa breve y expresiva que anunciaba alegría y satisfacción. Aunque hacía sólo unos días, a Jaujard le parecía que había pasado mucho tiempo desde la última vez que estuvo allí, sentado, como ahora, en una silla tapizada con tela azul, en el despacho amplio y luminoso del secretario general de la Sociedad de Naciones. Mientras esperaba, pensó en todo lo que había ocurrido desde entonces. Recordó las difíciles negociaciones con Álvarez del Vayo, las dos reuniones en Figueras, el bombardeo de aquella tarde. Echó atrás la memoria para vivir de nuevo el momento en que Avenol declaró su propósito de mantenerse quieto, sin hacer nada por el tesoro artístico, la tarde en la que salió de allí mismo, de ese mismo despacho, con la certidumbre de estar solo, de no recibir ningún apoyo para la evacuación del museo. Dio vuelta al pasado para reconfortarse en las imágenes de los camiones españoles cruzando la frontera, llevando finalmente los cuadros lejos de la guerra. Y sonrió de nuevo, satisfecho, al comprobar que a pesar de todas las dificultades, las obras de arte estaban allí, precisamente allí, en ese mismo edificio en el que ahora se encontraba esperando al político Avenol, al diplomático francés que había sido capaz de cruzar los brazos esperando que fueran otros quienes salvaran las pinturas y los lienzos.

A esa hora de la mañana, Jaujard dejaba colgada su mirada en la lámpara del despacho, volvía sus ojos a las cortinas que cubrían los ventanales, tocaba con sus dedos la madera de la silla en la que se había sentado y esperaba a Avenol sin prisas, complacido infinitamente en la realidad, una realidad que se imponía a todos los presagios y a las malas voluntades de quienes no habían querido colaborar ni creer ni ayudar en el salvamento.

Avenol entró en su despacho con media sonrisa en la cara, lo que causó enorme sorpresa entre los funcionarios que le vieron porque era el gesto más amable que hasta entonces le tenían conocido. No olvidó los protocolarios saludos ni las primeras preguntas insustanciales y se estrecharon los dos las manos como un rito inderogable. Sentados ambos, Avenol comenzó a hablar felicitando a Jaujard por el cumplimiento de su propósito y elogió al comité internacional por haber conseguido el salvamento del tesoro. Trataron algunos aspectos de los problemas surgidos durante las negociaciones con el gobierno español y, sin esperar mejor momento, con una naturalidad fingida, Avenol se deshizo de los compromisos que él mismo había aceptado en la reunión anterior. Para hacerle comprender a Jaujard que su posición respecto a los cuadros había cambiado, comenzó por matizarla con una pregunta.

—Bien, ya están aquí los cuadros, señor Jaujard... ¿Qué piensan hacer ustedes ahora con ellos?

Había usado Avenol el tono interrogante con una frialdad muy calculada. A Jaujard se le dibujó de inmediato en la cara un gesto de asombro por lo que oía y en lugar de dar una respuesta firme se entretuvo en titubeos al principio de una frase que no llegó a pronunciar, como si efectivamente le correspondiera a él despejar una incógnita que sólo Avenol había planteado. El diplomático no le dio tiempo a reaccionar mejor ni a recomponer sus palabras y puso en el aire de la habitación otra pregunta que, en vez de buscar respuesta, era por sí misma otra declaración de que sus intenciones habían cambiado.

–¿Dónde van a guardar todos esos cuadros?

Jaujard no tuvo tiempo de valorar la estrategia de Avenol y en lugar de contestar con una sencilla frase demoledora y serena que probara su firmeza, consideró que debía instruir al diplomático en lo que, sin duda, él ya sabía. Y apeló a la conversación que habían mantenido unos días antes, cuando Avenol ofreció su colaboración para depositar los cuadros en la sede de la Sociedad de Naciones.

–Usted mismo dijo que si conseguíamos traer las pinturas...

Avenol no le dejó terminar la frase. Había conseguido que Jaujard pasara del momento actual al recuerdo, había conseguido llevarle al día en que discutieron las operaciones de salvamento. Avenol estaba ahora en condiciones de retomar sus propias frases de entonces, de matizarlas, de cambiarlas. El diplomático había deshecho la realidad de que los cuadros estaban realmente allí y enlazó esa conversación con la que tuvieron días antes, como si ahora se encontraran de nuevo efectivamente en aquel día, como si aquella conversación no hubiera terminado, como si nada hubiera pasado desde entonces.

–Sí, señor Jaujard, ofrecí esta sede para alojar las pinturas si conseguían traerlas –interrumpió Avenol para traer viva aquella frase al momento presente, retorcerla luego y cambiarle el sentido–. Ya están aquí. Ahora alguien tendrá que hacerse cargo de ellas.

Con esto, el político añadía ahora algo que no había dicho entonces y cambiaba su disposición a alojar los lienzos por un mero depósito de tránsito. Lo que estaba diciéndole a Jaujard muy claramente era que se llevara de allí los cuadros.

–Usted es el depositario...

–¿Depositario? –se asombraba Avenol como si la palabra le sonara a novedad–. Yo no puedo hacerme cargo de esas obras de arte... –dejó dicho, como si sobrara toda explicación.

Jaujard empezó a comprender que el diplomático nunca creyó que pudieran llevar allí los cuadros y mientras consideró que se trataba de algo imposible mantuvo la oferta de alojarlos allí y de salvaguardarlos. Pero ahora que las obras se encontraban efectivamente en el interior del edificio, Avenol planteaba sacarlas, volver a olvidarse del tesoro artístico, no intervenir en la operación. Jaujard recuperó el empuje que le daba el triunfo de la evacuación, se adaptó finalmente al tono de la conversación, consideró que aquel político intentaba cancelar sus compromisos y, animado por la seguridad de haber conseguido lo que parecía imposible, tomó aliento y dijo:

–Escúcheme, señor Avenol. Tengo en el Louvre varias salas libres con capacidad suficiente para apilar en ellas dos museos del Prado. Pero no lo voy a hacer porque no estamos tratando de buscar un almacén de tesoros. Las obras de arte no han venido aquí a conocer la ciudad ni a disfrutar de su clima. Están en la Sociedad de Naciones porque se trata de un organismo internacional neutral. Hemos sacado los cuadros de un país en guerra entre dos bandos y los hemos traído al centro mundial de la política internacional, al único lugar posible, junto con la sede de la Cruz Roja.

Esta larga explicación no era tal, según advirtió Avenol, sino el modo con el que Jaujard volvía a situar la conversación en el presente. Para evitar otras consideraciones sobre lo que se dijo o lo que se pretendió decir días antes, Jaujard añadió:

–Y aquí están, señor Avenol. Aquí están esos cuadros que usted nunca creyó que pudiéramos traer.

–Nosotros mantuvimos una conversación privada –dijo Avenol– sobre un proyecto de salvamento que yo no he sometido a la consideración oficial de la Sociedad de Naciones. No puedo comprometer a esta institución en su custodia, sencillamente porque este organismo no se ha pronunciado sobre ello.

Esta vez, Jaujard guardó silencio deliberadamente, como si nada tuviera que decir. Avenol esperaba una respuesta a lo que había dicho, pero Jaujard le miraba solamente, sin hablar. Entonces el político añadió:

–Los cuadros estarán temporalmente aquí, pero no de forma indefinida. Y desde luego, no puedo firmar ningún documento de recepción de las obras. Eso me convertiría en el depositario.

–Usted es el depositario, señor Avenol. Así me lo dijo

la última vez que nos vimos y así se ha establecido en el documento que en Figueras firmaron el comité internacional y el gobierno español. De no ser así, la República española no hubiera permitido la evacuación. No han entregado los cuadros a cualquiera, sino a la Sociedad de Naciones.

–Pero yo no puedo asumir unas obligaciones que han pactado otros. El acuerdo que el comité ha firmado con el gobierno español vincula al comité y a ese gobierno, pero en modo alguno puede obligarme a mí un acuerdo en el que yo no he intervenido y que no he firmado.

–Usted no tuvo inconveniente en aceptar las condiciones de custodia de las pinturas...

–¿Custodia? –abría los ojos Avenol. Yo no puedo custodiar los cuadros, ni asignar hombres, ni personal de seguridad, ni comprometer gastos para ello. Tendrán que ser ustedes quienes garanticen la protección de las obras.

En lugar de continuar la discusión, Jaujard guardó un breve silencio, miró a Avenol, sonrió con autoridad y finalmente, dijo:

–Está bien. Los cuadros del museo del Prado están aquí, en el primer piso del edificio de la Biblioteca. Sáquelos a la calle si no puede quedarse con ellos.

Avenol acusó el golpe y se quedó callado. Jaujard se levantó de la silla y se dirigió despacio a la puerta del despacho, como si la entrevista hubiera terminado. Mientras caminaba, sintió por primera vez que el más fuerte era él.

–Siéntese, Jaujard. Siéntese, por favor. Dejemos a un lado ese espinoso asunto.

Dudó Jaujard por un instante, pero volvió sobre sus pasos en silencio para sentarse en la silla que había abandonado. Después de unos segundos de indefinición en los que Avenol trató de ordenar su pensamiento, desbaratado por la actitud de Jaujard, volvió el político a tomar la palabra.

–Tratemos de la firma del recibo. ¿Qué se pretende que firme? ¿Que he recibido más de mil ochocientas cajas? –dijo, con tono de incredulidad, forzando un gesto de asombro–. Eso es absurdo. Será preciso hacer antes un inventario de lo que ha llegado hasta aquí.

A Jaujard lo que decía Avenol le pareció muy razonable. Lo que tenía el secretario general en aquel edificio, por mucho que se tratara de los cuadros del museo del Prado, no eran más que paquetes y cajas, un montón de bultos envueltos en telas, apilados contra las paredes.

–Pero será preciso dar entrada a un delegado del gobierno de Burgos... –añadió Avenol.

–¿Del gobierno de Burgos? –dijo Jaujard, más con tono de negativa que de pregunta– ¿Qué intervención han tenido ellos en este asunto?

–Hayan o no participado en la evacuación, se trata de un gobierno que Suiza ha reconocido y que muy pronto, tal vez hoy o mañana, va a ser reconocido por Francia y por otros países –explicaba Avenol–. El museo del Prado es de todos los españoles. No se puede hacer un inventario sin la participación de las dos partes.

–¿Sabe usted lo que significa eso? Burgos no ha querido salvar los cuadros, ha bombardeado las carreteras mientras las pinturas eran evacuadas, quiere que los cuadros vuelvan a España antes de ser desembalados... Traer aquí a un delegado de Franco sería tanto como hacerles participar del éxito del salvamento sin haber intervenido en él. Habiendo intervenido contra él, mejor dicho.

–Era usted quien hablaba de la neutralidad de la Sociedad de Naciones hace un momento... –advirtió Avenol.

Esas pocas palabras fueron suficientes para que Jaujard comprendiera, definitivamente, que hablaba con un político.

–No firmará usted un recibo hasta que se haga el inventario, ¿verdad? –preguntó entonces Jaujard.

–Verdad.

–Y no se hará el inventario sin la presencia de un delegado de Burgos, ¿verdad? –volvió a preguntar Jaujard.

–Eso es lo que creo más razonable. Franco va a ganar la guerra y su gobierno existe ya para varios países. ¿Qué espera que haga el secretario general de la Sociedad de Naciones? ¿Que lo excluya del inventario y de la inspección de unos cuadros que son de todos los españoles? Además, no le corresponde a usted señalar las condiciones en que yo firmaré el recibo.

–Ahora soy yo quien le pide que dejemos ese espinoso asunto –dijo Jaujard–. Antes de irme, no me resisto a tratar con usted algún tema en el que podamos estar de acuerdo.

–Y yo lo agradecería mucho.

–No sabemos, señor Avenol, cuándo terminará la guerra de España, así que no sabemos cuándo habrá que devolver los cuadros. El comité internacional opina que sería una buena idea celebrar una gran exposición aprovechando que el museo del Prado se encuentra aquí en Ginebra. Es una ocasión histórica para exhibir ese tesoro.

–Me parece una idea excelente. Puede usted contar con mi colaboración.

–Espero que ninguna razón de neutralidad –dijo Jaujard irónicamente– le obligue a desdecirse.

Iba a contestar Avenol, pero guardó silencio. La conversación, definitivamente, había terminado. A pesar de la tensión creciente que se había creado y de la última frase de Jaujard, ambos se despidieron cordialmente.

En la puerta del edificio de la Sociedad de Naciones, Jaujard se detuvo, meditando. La posición descomprometida de Avenol le había tomado por sorpresa. En los dos encuentros mantenidos con el diplomático había tenido que elevar el tono de la conversación y endurecer los gestos. En aquel momento, cerca de las altas puertas de cristal del edificio, Jaujard prefería cualquier cosa antes que tener que hablar de nuevo con aquel político al que no llegaba a conocer del todo.

Ya en la calle, le pareció asombroso que un pequeño grupo de directores de museos hubieran conseguido negociar directamente con un gobierno en guerra y rescatar los cuadros del museo del Prado sin apoyo de ninguna clase, en contra de la voluntad declarada de los gobiernos europeos. Por eso consideró que aún podrían conseguir algo más, la rúbrica perfecta al salvamento, una exposición que exhibiera las pinturas allí mismo, en Ginebra. Y consideró que debía llevar esa idea a todas las tertulias, a todas los foros, a todas las entrevistas.

Por la tarde, Jaujard le refería a Timoteo Pérez Rubio el tono y el contenido de la conversación que había mantenido con Avenol. Cuando le dijo que el político deseaba que en la elaboración del inventario interviniera también un delegado del gobierno de Burgos, Pérez Rubio cambió el gesto, mudó el tono, lo creyó imposible.

–La evacuación ha sido obra del gobierno republicano y del comité –dijo–. Y de nadie más. Burgos no ha participado en esto.

–Pero lo hará. Tenga usted la seguridad de que lo hará.

–Si Franco envía un delegado al inventario para inspeccionar los cuadros sería tanto como si los dos bandos hubieran colaborado en el salvamento. Y el mundo tiene que saber que eso es mentira.

–En política no importan los hechos reales ni lo que haya ocurrido. La única verdad es siempre lo último que pasa.

CATORCE

Aunque el contorno de su herida presentaba todavía tejidos tiernos, Carlos pensó que podía soportar el viaje a Berna y decidió dejar la casa de Anatole esa misma mañana. Con el abrigo que escondía el cuadro puesto entre las manos, después de desayunar, se echó cuidadosamente a la espalda la mochila y Teresa cogió la maleta de Machado como único equipaje. Antes de salir, subió por última vez a la habitación en la que había cuidado la herida de Carlos, al lugar exacto en el que la noche anterior habían juntado los dos sus labios sin otro matiz ni más palabras. Allí, de pie, parada al lado de la puerta, adentró su mirada en el dormitorio y lamentó dejar de ver aquellas paredes, las mismas que habían contemplado su asombro cuando Carlos le enseñó el cuadro de Velázquez, las que habían acogido la primera cura que pudo realizar con alcohol y algodones, la habitación en la que unas horas antes, con sus labios enredados en mil besos, ya no supo si, realmente, se llamaba Alicia.

A las once de la mañana, Anatole les condujo en automóvil hasta Collioure, el pueblo más cercano. Rodaba el coche despacio sobre un asfalto por tramos bacheado, evitando charcos y agujeros. Había llovido durante toda la noche, calando los campos, empapando la tierra. A los ojos de Teresa llegaba la estampa azulgrís de un cielo emborronado por las nubes que se asomaba en el horizonte. A través del cristal de la ventanilla pudo ver la costa roída por el mar, una costa agreste de piedras endurecidas por los golpes de agua, orilla mordida por las olas, desgarrada y gastada por eternas espumas.

Llegaron así a un pueblo de casas pintadas de blanco, con despejadas fachadas encaladas, dominado por una ruina que en otro tiempo fue castillo medieval. Se abrían las calles a una ensenada llena de cielo y de mar y Anatole equivocó el camino, giró dos veces por error en la misma travesía y apareció en una plazuela donde un grupo de gente se arracimaba en una esquina, a la puerta de un pequeño hotel. A la entrada del local y en la calle, enlutaban su ropa varios hombres de gesto serio y aspecto funerario que rodeaban un féretro cerrado. Al escuchar que allí todos hablaban español, pidió Carlos a Anatole que parara el coche y descubrió entonces en el duelo una punta de homenaje y ceremonia que le aumentó la curiosidad.

–Seguiremos andando hasta la estación –le dijo Carlos, que abría ya una puerta del coche, despidiéndose de Anatole.

Allí les dejó a los dos y retrocedió cruzando la plaza. Carlos y Teresa observaron con curiosidad la comitiva que iba formándose a la puerta del hotel y reconocieron que había allí muchos españoles, algunos de los cuales eran o habían sido oficiales del ejército republicano. Escucharon entonces, de labios anónimos, un lamento largo por la muerte de Antonio Machado. Al oírlo, Teresa cerró los ojos y muy pronto se le deshizo el gesto en una cara de lástima inmensa. Reposaba el poeta en el féretro a la hora exacta en que ella había llegado allí con su maleta, exactamente el día de su entierro. Se puso en marcha la comitiva para llevar el cuerpo al cementerio y con mucha ceremonia y casi todos los rostros mirando al suelo, dejaron atrás la esquina en la que se habían agrupado. Por delante, Teresa y Carlos miraban a la presidencia de la procesión, en la que iban tres hombres que según pudieron saber luego eran los cónsules de España en Perpiñán y en Port Vendrés y el hermano del poeta, José Machado. A su lado, reconoció Carlos al que había sido ministro de la Gobernación, Julián Zugazagoitia.

Dejó Teresa que sus ojos se empaparan en lágrimas y se unió a la procesión sin otro comentario, apretando la mano en la que llevaba la maleta. Carlos se incorporó al grupo por no dejarla sola y pasó un brazo sobre sus hombros. Iban andando en mitad del duelo como deudos del poeta, como si hubieran llegado a Collioure, precisamente, para acompañar al difunto hasta su tumba.

Aflicción, llanto, luto, rodeaban en la calle a Antonio Machado, muerto.

—Cruzar los límites de España es morir —decía en voz alta un refugiado sin nombre que caminaba detrás de ellos.

—Vivan los poetas españoles —dijo otra voz desde el centro de la comitiva.

—¡Viva la República y todos los poetas republicanos!

A esta última frase, que se quedó en el aire vibrando como un lamento, respondió Teresa a viva voz:

—¡Viva!

No entraron Carlos y Teresa en el cementerio ni hablaron con nadie más que con una mujer de edad a la que Teresa preguntó por la madre de Machado.

–Está en el hotel, sin saber siquiera que su hijo ha muerto.

Teresa recordó de nuevo, al lado de Carlos, al lado de la verja del camposanto, la noche en la que atendió a aquel Antonio, ya enfermo, en una curva estrecha de un camino del Ampurdán. Quedaba ya lejos para ella ese lugar, quedaban atrás su labor de enfermera, el castillo de Figueras y la emoción de tener entre sus manos los papeles del poeta. La maleta, ahora ya sin dueño, no cruzó el umbral del cementerio y no volvería Machado a verla, pensaba Teresa, mientras la apretaba con fuerza, como si acabara de hacerla plenamente suya. Volvió a reafirmarse en que un extraño designio la había llevado a Francia con Carlos, que una clave mítica ordenaba sus pasos y que haber encontrado a aquel Antonio, aunque fuera muerto, era una previsión dichosa de su destino.

Dos horas después, viajaban solos en un compartimento del tren que les llevaba a Berna. Buscaba Teresa con la mirada un gesto de Carlos que pusiera nombre a los besos de la noche anterior y no encontraba en él más que silencio. Pasaba el paisaje arbolado y verde por el cuadro de la ventanilla y el roce rítmico de las ruedas con las vías se hacía rumor tedioso y repetido. Dudó mucho si debía decirle algo y decidió no tener con él más precauciones.

–Todavía llevas mis besos colgados de tu boca. Mis besos de anoche.

–¿Tus besos?... Era yo quien te besaba.

–¡Qué bien saben los labios de un republicano herido!

–¡Cuántas veces miré tu boca en Figueras!

Durante el viaje, Carlos le explicó a Teresa algunos

detalles sobre la entrega del cuadro en Berna. Le dijo que un estrafalario pintor bohemio les conduciría hasta el comprador, Salomon Salinger, a quien él tenía que ver personalmente. A Teresa, viajar al lado de un Velázquez con el que se comprarían armas para salvar de la derrota a la República, le seducía intensamente. Le había advertido Carlos que para lograr el intercambio iba a ser preciso conocer el lado oscuro del mercado del arte y que en el mundo clandestino de los negocios ilegales habría que correr algunos riesgos de los que quería apartarla. Teresa le escuchaba con entusiasmo, como si en ella tales advertencias operaran el resultado contrario y cuanto más le avisaba de las dificultades del intercambio más ganas le venían de participar en él. Escuchaba a Carlos en silencio, salteando la conversación a veces con alguna pregunta menor, pero sin desbaratar su discurso, permitiendo que él hablara de los problemas de la entrega como señales de un territorio oculto y sucio en el que era preciso tratar con delincuentes internacionales.

–¿Quién quiere comprar un cuadro que no se puede vender? ¿Qué va a hacer ese hombre con el Velázquez?

–Salinger comercia con cuadros robados, con oro, con armas... Hay mucha gente –añadió Carlos– que paga fortunas sólo por el capricho de tener en su casa un cuadro o una joya muy especial. Otras veces, se compra un cuadro robado sólo para pedirle al dueño un rescate. Te asombraría saber todo lo que se mueve alrededor del mundo del arte.

La lluvia mojaba la noche cuando llegaron a Berna.

–Anatole ha reservado una habitación en un hotel muy cerca de aquí –dijo Carlos, mientras salían de la estación.

–¿Una habitación?

–Estamos casados... Lo pone en tu pasaporte.

Dejaron atrás Bahnhofplatz y caminaron por Spitalgasse hasta llegar a Hirschergraben, donde se encontraba el Hotel National, un alojamiento de mediana categoría que presentaba una fachada amarillenta enfrentada a un pequeño parque. Desde la habitación podía verse el tejado verde y azul del Parlamento Federal y una hilera de árboles desnudos de hojas, húmedos de lluvia.

A la luz de una lámpara sujeta a la pared se sentaron ambos en el borde de la cama y se tumbaron un largo rato. Daban las doce de la noche en el reloj de la estación cuando Teresa comprobaba el estado de la herida. Tenía en el costado la encarnadura suficiente para pensar que aquel agujero iba a ser muy pronto cicatriz antigua y Teresa consideró que una sola gasa de protección era bastante para aquella noche. Durmieron vestidos, sin abrir la cama, agotados, sin más palabras, hasta que el amanecer les llevó a los párpados la luz de sol. Carlos se despertó antes que ella y la vio dormida, respirando rítmicamente debajo de la ropa, con los ojos cerrados y a medio cubrir por los picos de una manta. Sin saber las razones, acercó la cara a su cuello y allí dejó muy levemente el principio de un beso que no llegó a darle. Después de mirarla durante largo tiempo, la besó suavemente, imperceptiblemente, secretamente, para que no se despertara.

«Buenos días» –escribió sobre un papel– «He ido a buscar a alguien que puede ayudarnos. Volveré pronto. Carlos». Y lo dejó sobre una mesilla de madera. Abrió la puerta, la cerró con cuidado y salió al pasillo. Teresa se movió en la cama y hundió la cara en los pliegues de la almohada.

La luz de la mañana llenaba las aceras de Spitalgasse, por donde Carlos caminaba en dirección a la Bundesplatz. Allí giró a la derecha, divisó el tejado granate del Casino y cruzó el río Aare. Por estrechas calles colgadas de una pendiente ascendió hasta un barrio alto desde donde se contemplaba la silueta vertical de las agujas de piedra de la catedral. En un estrecho callejón sin aceras se levantaba un edificio de dos pisos coronado por vierteaguas dorados. Entró en el portal abierto que conservaba los restos de una antigua cerradura sin uso y oxidada y subió a lo alto por escalones de madera. Delante de él, una puerta por mitad cristal y hierro se amparaba debajo de un dintel del que colgaba un farol viejo. A su llamada, asomó al umbral un hombre de melena descuidada, abigotado y con barba espesa que sonrió al reconocer a Carlos. Abrió entonces la puerta de par en par y trabaron un abrazo. Sostenía en una mano, abierta y muy mediada, una botella de vino calentón que se llevaba a la garganta como todo desayuno y en el aliento, en la cara y en su actitud llevaba puestas las señales de haber bebido durante años obstinadamente.

El interior de la casa era un lugar sin lustre alguno, como una cueva estrecha y sucia, cubierto todo por un polvo de siglos. Poblaban los rincones botellas vacías abandonadas y asomaban a las paredes manchas de humedad. En el suelo, ladrillos agrietados de un color difuso y sin brillo daban a toda la casa la imagen cierta del deliberado abandono de su dueño. Convertido el lugar en taller de pintura, con un olor ahogado a bohemia antigua, caballetes y cuadros, óleos y pinceles, trapos y telas se mezclaban como en un almacén desbaratado, bajo una amplia cristalera puesta en el techo, por donde entraba la luz del sol. Se amontonaban apoyados sobre las paredes cuadros de distintos tamaños, bocetos, esbozos, dibujos, lienzos en blanco desordenados y sin regla clara, envueltos en un aire de nostalgia desgastada. Vivía allí Jean Lepine, que deshizo el abrazo que le daba a Carlos y le invitó a pasar dentro de la casa, hasta una sala donde se levantaban grandes bultos tapados con lonas y telas, cuadros apenas empezados, pinturas puestas a secar y lienzos al óleo.

A Lepine, la pintura le había desbaratado la vida. Artista lleno de fuerza y de talento, tuvo siempre una suerte adversa y tenaz que le desterró de las galerías y de las exposiciones. Más inclinado a una vida fácil que al trabajo ordenado, sentó a menudo su autoridad figurativa en barriles de alcohol y perdía amigos y contratos según se perdía él mismo persiguiendo perfumes de mujer y mesas de juego. Su originalidad creadora estuvo siempre mezclada en callejones y trastiendas con un mundo de tabernas y entretenida en amaneceres sin recuerdos, claros de luz al lado de cuerpos desconocidos, deudas de cartas y de dados, insomnios mantenidos por barbitúricos, amigos ocasionales y mujeres de una noche. Con un talento artístico inmenso, había, sin embargo, recortado su talla de pintor genial para entrar en el abandono de sí mismo y no probar más alegría que la que el vino le ponía en la cabeza, donde lucía una cicatriz entre los ojos resultado de una apuesta. Salvaba muchas tristezas pintando y bebiendo al lado de borrachos envilecidos y ganaba otras en las madrugadas desvanecidas, pobladas de una intensa soledad que sólo remediaba con sustancias que le ponían a dormir en las aceras. Mantenía intacta su calidad de artista y hecha añicos su esperanza de colgar un cuadro en un museo o de vender sus obras. Una vida confusa, muchas veces desastrada y un trato difuso con la peor gente que rodeaba al arte habían encanallado el carácter de Lepine, convertido en un hombre con mal destino y peor pasado que vivía de los golpes de la suerte y del provecho del delito, enredado en tramas turbias de comercio ilegal, falsificaciones, complicidades en robos de arte, tratos clandestinos y encubrimiento de estafas.

Lepine había recibido aviso de que Carlos iría a verle unos días antes para realizar una operación de venta o de intercambio de un cuadro en el mercado clandestino del arte y se interesó por los motivos del retraso. Cuando supo que estaba recuperándose de una herida de bala puso el gesto serio y, después de recobrar para la memoria la última vez en que estuvieron juntos, centraron con pocas palabras el motivo del encuentro y Carlos le explicó a Lepine lo que intentaba hacer con la pintura.

–Bien... ¿Dónde está? –preguntó Jean.

Ligeramente curvado por haberse adaptado a la forma del abrigo, Carlos sacó el lienzo de su escondite.

Abrió la boca Lepine con admiración y así permaneció unos instantes, contemplando la pintura, transido de emoción, absorto y desbordado por el entusiasmo que le producía la obra de arte.

–¡*El jardín de Villa Medicis...!* Magnífico... Los pintores actuales no son Velázquez. Una tela pequeña... Un prodigio tan grande... –siguió hablando Lepine–. Sólo Salinger estaría tan loco como para hacer tratos con un cuadro del museo del Prado.

Puso la botella en su boca y terminó de un trago el vino. Cogió otra botella sin marca, la descorchó y se echó otro sorbo a la garganta.

–Algunos amigos que están en todas partes me han metido por esta oreja la noticia de que Salinger está esperando el cuadro –continuó Lepine–. Salinger puede cambiar esa pintura por dinero, por armas, por drogas, por alcohol, por lo que quiera. Ese cabrón es el mejor.

Hizo una pausa, miró alrededor y se decidió a seguir hablando.

–Es muy listo. Salinger no quiere el cuadro para él, naturalmente. A ése sólo le interesa el dinero. Seguramente ya sabe a quién va a vendérselo.

–Tengo que verle personalmente.

–De todo lo que me has contado antes hay algo que no entiendo, Carlos. Estáis ganando la guerra. Todo el mundo sabe que estáis ganando la guerra. La República está vencida. ¿Qué es lo que tú quieres hacer exactamente?

–Salinger entregará un cargamento de armas a la República cuando reciba el cuadro. Mi gobierno me ha encargado que lo impida. Tengo que adelantarme a ese intercambio. Así, Salinger hará la operación conmigo y no con los rojos.

–¿Te harás pasar por republicano ante Salinger?

–Le daré el cuadro y arreglaré con él la entrega de armas de modo que puedan ser interceptadas antes de que lleguen a los rojos.

–Así que hay dos cuadros del Prado, uno en tu poder y otro en manos de los rojos. Ten cuidado, Carlos. Con ese hombre no se puede jugar. Yo ando sólo en pequeñas cosas, en negocios pequeños, ya sabes... Pero también me hace falta tener cuidado.

Se acercó a un cajón de un aparador puesto en un rincón y sacó una pistola.

–Todo está turbio y difícil ahora en Europa. La gente está nerviosa. Han crecido las ambiciones y la prisa... Hay que protegerse... –añadió, refiriéndose al arma que mantenía en la mano.

–Mi idea es negociar con él antes de que lo haga la República, como si yo fuera el enviado republicano que él espera.

–Así que pretendes engañar a Salinger. Mira... Ese hombre tiene un ejército de matones a su servicio, influencias, amigos y mucha protección. Que la policía le deje en paz debe de estar costándole mucho dinero. ¿De verdad crees que podrás engañar a Salinger?

–No me hables de engaños. Llevo mintiendo a una mujer desde hace días. He venido a Berna con una mujer que también cree que soy un soldado rojo.

A Jean Lepine le vino a la garganta una enorme carcajada justo cuando tragaba un sorbo de vino y tuvo que escupirlo al suelo.

–¿Viajas con una mujer que cree que eres rojo?

–La historia es muy larga, Jean. Se ha metido en mi vida sin darme cuanta y ella es republicana... Lo que ella cree es que yo voy a entregar el cuadro para conseguir armas para la República. Y ni sospecha que lo que pretendo es lo contrario.

–¿Qué haces aquí con ella?

–Es una enfermera...

–Republicana. Estás viajando con el enemigo...

Entonces Lepine se fijó en el gesto de Carlos, que le miraba sin saber qué contestar. Abrió el pintor los labios en sonrisa y entornó los ojos como si hubiera averiguado un secreto.

–Ah, Carlos... –dijo, con tono de lamento–. La chica

te gusta, ¿eh? Sí. Ya veo. Te gusta mucho. Y la quieres. Por eso arriesgas una operación tan complicada como esta... ¿Qué vas a hacer luego? ¿No le vas a contar nunca la verdad? ¿No vas a decirle que te infiltraste en Figueras y que te haces pasar por republicano precisamente para acabar con la República?

–¿Te quedas con el cuadro? –preguntó Carlos, repentinamente.

–¡Claro que me quedo con el cuadro! También yo sacaré algo de todo esto.

–¿Dónde puedo encontrar a Salinger?

–No será fácil. Dame tiempo. Quizá en unos días pueda enterarme de algo. Pero ten cuidado, Carlos. En este mundo se mueven fortunas. Hay mucha gente dispuesta a todo sólo por dinero. Pueden meterte un tiro en el cuerpo si sospechan algo.

El pintor se acercó al cuadro, lo tomó entre sus manos y compuso en la cara un gesto de enorme admiración.

–Lo primero será ponerlo en un bastidor, antes de que se doble del todo.

–Adiós, Jean.

–Suerte, Carlos. Mucha suerte.

Cuando abrió la puerta, se despidieron de nuevo. Lepine le dijo:

–Y ten cuidado con la chica también. Seguro que es demasiado guapa como para confiar en ella.

QUINCE

Cuando Carlos salió de la casa de Jean Lepine, las nubes se habían disuelto en el cielo, el sol derramaba luces sobre las fachadas y ponía brillos en los tejados. Un rumor de agua llegaba a sus oídos desde el cauce del río, que enredaba hierbas a las rocas y pulía las orillas. Se recortaba la silueta de la ciudad contra un lejano telón azul de montañas coronadas de nieve y Berna se levantaba sobre la tierra como una ciudad hecha de cartón, como un decorado de teatro.

Mientras Carlos dejaba en el aire el sonido de sus pasos, ampliado por el eco retumbante en soportales y arcos medievales, en Ginebra el secretario general de la Sociedad de Naciones, Joseph Avenol, abría las puertas de la escena política a un delegado de Burgos enviado por el general Jordana para discutir el futuro del museo del Prado.

Vestido con botas altas, correajes de cuero negro y camisa oscura, un hombre corpulento, políglota, brillante y culto, empezaba a agitar su voz y su figura en los despachos oficiales. Eugenio D'Ors lucía en Ginebra el estilo nuevo de los fascistas españoles, un aire orgulloso y altivo, la estampa de un soldado con perfiles imperiales. Como si todos los ángeles guerreros le hubieran entregado sus espadas, Eugenio D'Ors paseaba su sonrisa segura por los periódicos ginebrinos y dejaba su palabra autoritaria en todas las conversaciones.

–Para traer de vuelta el museo yo solo me basto y me sobro –le dijo a Jordana antes de emprender viaje a Suiza.

Con ese aviso había salido del despacho del ministro, andando como un muchacho valentón y con esa seguridad hablaba en Ginebra desde que notó que todo el mundo le escuchaba.

–¿Habla usted mi idioma? –le preguntó en alemán el presidente federal suizo cuando le recibió en su residencia.

–Yo hablo en alemán con los políticos inteligentes, en francés e inglés con los decadentes y en español con Dios, naturalmente.

–¿Es Dios español? –se atrevió a decir el presidente con una sonrisa cortés.

–Ah, ¿pero no sabía usted eso?

En las alfombras tupidas de la diplomacia, Eugenio D'Ors, arrogante, con el mentón altivo, daba lecciones de oratoria brillante y asombraba a los políticos rutinarios cuando les explicaba sus ideas sobre estética literaria y artística.

–A excepción de Alemania e Italia, viajar por Europa ahora es como zambullirse en la oceanografía del tedio. A Europa, lo que le hace falta, es impregnarse de espíritu falangista.

Académico de la Lengua, miembro del Patronato del museo del Prado, doctor en Derecho y en Filosofía, crítico de arte, historiador de la cultura y delegado del gobierno nacional de Burgos, Eugenio D'Ors se hacía vendaval en las reuniones oficiales y en todas partes reclamaba la repatriación del tesoro artístico, la inmediata devolución de los cuadros a España, el reenvío de las pinturas, sin desembalar siquiera, a la zona nacional. Amenazó a Suiza entera, a la Sociedad de Naciones y al propio Avenol con presentar una demanda judicial por haber expatriado los bienes del museo y mantenerlos en territorio extranjero contra la voluntad de los españoles.

–Los comunistas le han robado a la Patria todos sus tesoros y ustedes –decía levantando el dedo índice– son los cómplices del expolio.

Con la autoridad nueva de quien ya casi ha ganado una guerra, D'Ors se paseó por los despachos del gobierno suizo, fue recibido por Avenol, se entrevistó con Jaujard y dejó claro en todas las ocasiones que los cuadros debían ser devueltos a España. Apremió a todos con esa idea, urgió a todas las instancias oficiales a una nueva evacuación del museo y declaró a la prensa que el gobierno español estaba dispuesto a recuperar cada una de las telas.

–La Sociedad de Naciones es exactamente el lugar al que nunca debieron ir los cuadros –declaró a los periodistas–. Ese organismo internacional ha sido durante años la tribuna de los republicanos españoles y sólo ha servido para ensuciar al gobierno de Burgos, para declarar mentiras sobre la Santa Cruzada española, para divulgar al mundo falsedades contrarias a Franco y al nuevo Estado. Exijo que las obras de arte salgan de esa sede y si Avenol sigue reteniéndolas presentaré una demanda judicial por complicidad en este robo.

Contestaba entrevistas, aparecía su foto en los periódicos, se introducía en medios intelectuales y artísticos y era invitado a recepciones y conciertos acompañado siempre de políticos influyentes que le escuchaban hablar de España y de un nuevo orden político.

–Sin los Reyes Católicos, señores, el mundo que ustedes conocen sería muy distinto. La grandeza y la servidumbre de la inteligencia consiste en admitir llanamente la evidencia de que el papel de España en la Historia ha sido decisivo.

La determinación tenaz de D'Ors para sacar de la Sociedad de Naciones los cuadros y las simpatías que ganó hizo que el cantón de Ginebra ofreciera un museo de la ciudad como nueva sede para las pinturas. Y como si nunca fueran a tener descanso ni reposo, condenadas a un constante movimiento, las obras de arte fueron inmediatamente llevadas desde donde estaban hasta su nuevo emplazamiento en las salas del museo de Arte e Historia de Ginebra.

Las telas de Velázquez, los Murillos y los Goyas y tantas otras pinturas volvieron a subir a unos camiones para iniciar de nuevo otro traslado hacia un edificio neutral, hacia un museo ginebrino a poca distancia de la sede de la Sociedad de Naciones. Algunos funcionarios que vieron bajar por escaleras y ventanas los cuadros ya fatigados de cambios, moverse de nuevo por una cuestión política, llegaron a pensar que el museo estorbaba en todas partes.

Eugenio D'Ors había conseguido un éxito rotundo e inmediato sacando las pinturas de donde estaban, como si se las hubiera arrebatado ya a los republicanos, como si empezaran de verdad a ser completamente suyas.

Avenol exageró la amenaza de la demanda judicial y consiguió desentenderse de la custodia de los cuadros, abrió de par en par las puertas del Palacio de las Naciones para sacar de allí el tesoro artístico y vio complacido cómo todas las obras se alojaban en otro lugar. D'Ors había llegado a Ginebra para triunfar en todos los foros y consiguió hacerlo en pocos días. Con este traslado, sobre todo, quedaba muy claro que el gobierno de Burgos intervenía en la evacuación y que su voluntad debía ser consultada a partir de ahora. Las pinturas no eran ya un asunto del comité internacional o del gobierno de la República. Las pinturas eran, cada vez más, propiedad completa del nuevo Estado triunfante que emergía victorioso de una guerra.

Después de haber hablado con Lepine, Carlos regresaba por las calles de Berna al Hotel National. Pensaba en Teresa y sentía profundamente haberla engañado sobre su auténtica posición política. Lamentó estar ocultándole la verdad y le torturaba la idea de seguir fingiendo. Consideró que Teresa le había dicho que participar en el intercambio del cuadro era el modo que ella tenía de seguir luchando por la República después de haber abandonado Figueras y estuvo seguro de que si ella supiera la verdad no estaría allí, a su lado. Pero, por otra parte, también a su cabeza llegaba la idea de que aquella situación no podía durar mucho, que no podría continuar fingiendo una personalidad distinta y que la declaración de la verdad podía ser la ruina de esa sensación dulce que le conquistaba enteramente, de esa sensación a la que él empezaba a llamar amor.

A Carlos, el fingimiento de la realidad comenzaba a resultarle difícil. Al principio no le dio importancia al engaño. Pero después de ser herido por la bala, cuando notó en su costado los dedos de Teresa, cuando pudo oírla respirar cerca, cuando ella decidió quedarse a su lado, Carlos lamentó haber construido esa mentira que luego no pudo romper. Aún notaba en los labios el sabor de los besos que Teresa le había dado en casa de Anatole y él mismo, esa mañana, la había besado secretamente mientras ella dormía. Pero la había engañado una vez y desde entonces no había hecho más que continuar con la mentira. No se atrevió a decirle que era un fascista, un agente del gobierno de Burgos que intentaba precisamente evitar que la República recibiera las armas que necesitaba. Y ahora, pensaba Carlos, el engaño había crecido tanto que le resultaba imposible deshacerlo sin poner a riesgo el dulce encanto que le ataba a Teresa.

Cuando llegó a la habitación del Hotel National, la encontró despierta, esperándole. Hablaron sobre la visita que había realizado a la casa de Jean Lepine y le dijo que había dejado allí el cuadro de Velázquez para buscarle protección segura.

–¿Puede ayudarnos? –preguntó Teresa.

–Intentará ponerme en contacto con Salinger.

Carlos le dijo que Lepine se movía por algunos lugares de difícil acceso, círculos cerrados, galerías especiales.

–Hay algunas galerías de arte que no se dedican sólo a la exposición y venta de cuadros. El verdadero negocio de esas galerías es el mercado de obras de arte robadas.

–¿Quién quiere un Velázquez tan famoso? No se puede hacer nada con ese cuadro –decía Teresa.

–Esos galeristas tienen una lista de compradores excéntricos, millonarios, caprichosos, capaces de pagar fortunas por tener un objeto único.

–¿Salinger?

–Salinger no quiere el cuadro. Lo compra para venderlo. Es un intermediario. Un Velázquez robado sólo puede venderse clandestinamente y quien lo compre no podrá exhibirlo nunca. Lo tendrá como un tesoro secreto, para su contemplación propia. Es casi absurdo.

–No es tan absurdo, Carlos. Cuando me enseñaste el cuadro en casa de Anatole, sentí algo muy extraño. Sentí que éramos los dueños exclusivos de una obra de arte única que nos pertenecía. Fue como una sensación de dominio... Tener ese cuadro para uno mismo... Guardarlo en secreto... No es tan absurdo.

–No. Quizá no es tan absurdo.

Pasaron el resto del tiempo en conversaciones sobre la guerra, sobre España, sobre los días que habían estado juntos, hasta que la tarde empezó a apagarse, disuelta en luna y estrellas.

–A veces pienso que no deberíamos hacerlo. Es como haber robado un cuadro del museo del Prado. Bueno..., es haberlo robado realmente. No sé... –intentaba explicar Teresa.

–¿Te arrepientes de estar aquí?

–No me arrepiento. Me doy cuenta de que si eso sirve para ganarle la guerra a los fascistas, merece la pena. Claro que sí –le dijo Teresa.

De nuevo volvió Carlos a lamentar la persistencia del engaño y guardó silencio durante un instante.

–Es para ganar la guerra a los fascistas –volvió a mentirle.

–Eso ya no es un robo exactamente. Es un acto de guerra –le explicó Teresa.

–¿Y si el cuadro no fuera para eso? ¿Y si te hubiera engañado?

Teresa no respondió inmediatamente. Pensó la respuesta y con una sonrisa enigmática, le dijo:

—Tú no puedes engañarme..., mi valiente soldadito rojo.

Carlos la miró con distancia, como si se avergonzara de estar mintiéndole y sintió un sudor frío recorriéndole la espalda. Comprobó que el engaño que había levantado sobre su verdadero propósito en Berna estaba construyendo entre ellos dos un abismo infranqueable, que la mentira le separaba de ella a cada instante, que la política y la guerra estaban allí presentes en esa habitación de hotel, como si se hubieran traído de España los odios y las balas, los malditos odios y las malditas balas, como si no fueran solamente un hombre y una mujer dispuestos a abrazarse y a quererse. Dudó si los besos de Teresa en casa de Anatole se los había dado a él o al héroe republicano que ella creía que era, al que viajaba con un cuadro para ganarle la guerra a los fascistas. Y no supo distinguir si ella estaba a su lado o al lado del valiente soldado que le ayudaba a remediar esa especie de arrepentimiento tardío que sufría por haber abandonado Figueras.

Por un momento dejó de importarle el cuadro, la guerra, los bandos y los colores. Sólo quería hablarle a Teresa de sí mismo, que ella le quisiera a él y no al soldado que creía que era. Se acercó a Teresa, puso las manos sobre sus hombros y la abrazó despacio. Ella abandonó la cabeza sobre su pecho y le abrazó también. Carlos estuvo entonces a punto de decirle la verdad de golpe, como Teresa le había sacado la bala del costado. Pero temió perderla. Temió que la verdad rompiera aquel abrazo y se mantuvo en silencio cuando ya casi había empezado a hablar. Pensó que estaban juntos sólo por una mentira, cerró los ojos con un gesto de tristeza y no quiso ya otra cosa que hablar sinceramente con ella.

–Alicia... –intentó continuar sin conseguirlo.

–Carlos...

–Tus besos de la otra noche...

–¿Mis besos? ¿No eras tú quien me besaba?

–Tus besos... ¿Me besabas a mí o al soldado valiente que arriesga su vida para salvar a la República?

–No te entiendo.

Carlos deshizo el abrazo y enfrentó sus ojos con la mirada de Teresa.

–No importa.

Entonces Teresa le cogió las manos.

–¿Quieres decir si te besé a ti o a un soldadito rojo? Dímelo tú a mí. ¿Para quién eran tus besos? ¿Para mí o para una enfermera que te cuidaba?

–No sabes nada de mí, Alicia. No sabes lo que he hecho.

–¿Quién eres tú, Carlos? –preguntó Teresa que, inmediatamente, sin esperar respuesta, añadió:

–No quiero que me respondas. En la habitación de un hotel, a tu lado, esa pregunta tengo que contestarla yo –dijo–. No te preguntaré quién eres.

La luz de la tarde iba apagándose en sombras. Algunas manchas en la pared escondían su cerco antiguo en la penumbra. Por el balcón estrecho se adentraba la grisura densa del ocaso. Sobre la cama, el abrigo de Carlos, ya sin secretos que esconder. Teresa apoyaba sus pies descalzos sobre una alfombra gastada de colores olvidados.

–Yo no besé a una enfermera republicana, Alicia..., sino a ti –explicaba Carlos, mientras se sentaban juntos, sobre la cama–. Quiero decir que la otra noche te hubiera besado también, aunque no fueras...

–Yo también te besé a ti...

Dejó deliberadamente inacabada la frase.

–A ti, mi soldadito rojo... –continuó Teresa.

Al oír esto, Carlos cambió el gesto, apretó las manos, se puso tenso y se levantó de su lado.

–¿No puedes dejar de llamarme así? –le dijo con violencia, molesto, irritado.

Hubo un silencio que Carlos no supo resolver con más palabras. La tarde sombreaba el interior de la habitación y desdibujaba en negro sus caras, desgastaba las aristas de los muebles y marcaba a contraluz sus siluetas.

–¿Por qué dices eso? No te entiendo...

–Yo tampoco entiendo qué pasa, ni aquellos besos... Alicia, yo sólo sé que te quiero –dijo Carlos repentinamente, en voz muy baja, casi al oído de Teresa, con los labios rozando su cara.

Y se abrazaron en la penumbra, amparados por el silencio, sin decir nada. Con cada caricia la noche iba creciendo alrededor y ya sin luces Teresa coronó el cuello de Carlos con sus brazos y le ayudó a que descubriera sus caricias, temblando en la oscuridad, a que olvidara el peso de su cuerpo sobre el suyo, en la noche espesa de deseo, de anchos silencios, de amor recién nacido. Los brazos de Carlos volaban a la espalda de Teresa, como si llegaran a su cuerpo desde lagos serenos de soledad y de silencio. Sus labios y sus piernas iban a la tierra incultivada y furiosamente fértil de la cama y de las sábanas. Piel con piel, paseaba ella sus labios por la boca de Carlos y él enredaba sus dedos entre el pelo de Teresa. En un eterno abrazo sentían los dos el latido fuerte y poderoso de sus cuerpos y se dieron un beso entre los labios y un centenar de besos amorosamente largos. Con los párpados cerrados, en el hueco de su mano dejó Teresa su aliento trepando hasta los dedos de Carlos y temblando, estremecidos y tumbados, rodaron en el paisaje de tela de una cama ya deshecha en mil abrazos. En mitad de la habitación oscura, desvanecidas las distancias todas, con la carne revelada por debajo de la ropa, fueron haciéndose en la noche cuerpos desnudos, voces de deseo, formas de amor, nudo suave de manos, de piernas y de labios, una sola figura con dos pieles.

Repentinamente, Teresa le miró a los ojos con ternura, sonrió y, apoyando la cabeza sobre su pecho, le dijo:

—Es rojo lo que no quieres que te llame ¿verdad, mi soldadito?

Y le abrazó entonces con fuerza y en silencio.

Carlos no dijo nada, amparado en la oscuridad ya muy densa de la habitación, miró al techo con las manos de Teresa apretadas en sus manos y se sintió desfallecer, se descubrió desnudo al lado de una mujer a la que estaba mintiendo y se sintió cobarde por no ser capaz de deshacer el engaño.

Las caricias suaves le hundieron de nuevo en la ternura y atados uno al otro durmieron sólo a ratos, abandonándose a la serenidad de un roce hecho con las manos y pasaron la noche entre besos y entre labios. La luz del día les encontró desnudos, abrazados, debajo de las sábanas, tocándose las manos, con los párpados cerrados, unidos por los labios. Y como si todas las mañanas hubieran sido así, sonrieron dulcemente cuando el sol fue a despertarlos.

DIECISÉIS

A la luz de un sol brillante que se filtraba por los amplios ventanales puestos en el techo de su casa, Jean Lepine mantenía entre las manos tubos de pintura y pinceles, una paleta y un trapo desgastado. De pie, delante de un lienzo de pequeño tamaño, ensayaba formas y colores y pintaba sin descanso. A las once de la mañana bebió un trago de la botella que había abierto una hora antes y se retiró del caballete para contemplar el conjunto del cuadro que pintaba. Apartó luego la vista de la tela y dejó en el suelo los pinceles. Sonrió satisfecho y mojó de nuevo su garganta. Media hora después, caminaba Lepine por las calles de Berna ajustándose en la frente una boina negra y subiendo las solapas de su abrigo. Se adentró en calles estrechas cercanas a la catedral y salió a un callejón por donde alcanzó los peldaños de una escalera que llevaba a las tapias traseras del casino. Dejó las huellas de sus pasos en un camino de arena bordeado de árboles y abrió la puerta de madera de una tienda que se anunciaba en la fachada como galería de arte.

En el interior, el propietario Fritz Müller le recibió con una sonrisa. Era Müller un hombre elegante que remediaba su miopía con gafas redondas de montura plateada y que había perdido casi todo el pelo. Adornaba su figura con un traje caro y una corbata de estilo y le había dado a la galería un cierto nombre de prestigio en los últimos diez años con exposiciones importantes. Cuando vio a Lepine, a quien conocía, se acercó a él y le saludó cortésmente. Entretuvieron el principio de la conversación con preguntas y respuestas superficiales relacionadas con los círculos del arte en los que Lepine y Müller se movían y muy pronto el pintor bohemio centró el objeto de su visita.

—Un amigo mío ha venido desde España para hacer un negocio.

Lepine calló al decir esto y añadió un tiempo después:

—Naturalmente, se trata de un negocio importante que a usted puede interesarle, Müller.

—¿A mí? ¿Un negocio en mi galería?

—Mi amigo tiene algo que quiere vender —dijo Lepine—. Está buscando a Salomon Salinger.

El hombre cambió el gesto de cordialidad y atención por una cara inexpresiva, desvió los ojos al suelo y se separó de Lepine despacio, como si volviera a sus asuntos.

—No me suena...

—¿No le suena? ¿No le dice nada el nombre de Salinger?

Serio, completamente serio, mirando esta vez directamente a los ojos de Lepine, el hombre le preguntó:

—¿Ese amigo suyo ha venido desde España para buscar a un hombre que no conozco? ¿Qué tengo yo que ver con eso?

—Se trata de un negocio que no se presenta todos los días. Un negocio de arte, usted ya me entiende... Y mi amigo ha pensado que debía hablar con los mejores.

—Lo siento. No puedo ayudarle.

—Lo que vengo a ofrecerle, Müller, es un cuadro muy importante.

—No conozco a ningún Salinger.

Lepine tomó un tiempo para continuar hablando. Sabía que las evasivas de Müller formaban parte necesaria de la conversación.

—Algunas personas me han dicho lo contrario. He estado enterándome de algunas cosas estos días con amigos que saben mucho del mercado del arte... El nombre del galerista Müller, de mi buen amigo Müller, aparece con mucha frecuencia cuando se habla de Salinger.

—Me sorprende lo que dice, Lepine. Yo no soy muy conocido en Berna.

—¿Y en Alemania? ¿Y en los Estados Unidos? Muchos coleccionistas extranjeros han tenido que tratar con usted para conseguir algunos cuadros muy especiales ¿verdad? Hay cierto tipo de compradores que conocen muy bien esta galería.

—¿Qué quiere usted, Lepine?

—Quiero que hablemos de verdad sobre negocios. El que ahora puede interesarle a usted y a Salinger es realmente muy importante.

Müller empezaba a estar interesado en las palabras de Lepine. Había advertido que realmente podía estar en juego un trato de importancia. Sin decir nada más, se dirigió a la puerta de la galería y la cerró con llave, corrió los visillos e invitó a Lepine a sentarse en una silla.

—Veamos, Lepine, qué intenta usted decirme.

Lepine notó que la atención de Müller había cambiado y consideró que era el momento de empezar a hablar con más claridad.

—Usted sabe, como todos, que el museo del Prado ha

llegado a Ginebra desde España. Es muy difícil que, en medio de un traslado tan acelerado como ése, no se pierda ningún cuadro.

Müller se quedó callado, pero mirando fijamente a Lepine.

–Hay mucho dinero en esto. Mucho dinero, Müller.

–¿Mucho dinero? Usted podría haber dicho eso antes.

–Tal vez se trate de lo más grande que haya visto Salinger en toda su vida.

Müller se quedó pensativo.

–Tal vez pueda interesarme. ¿Por qué no deja los rodeos y me dice claramente de qué se trata?

–Hay un cuadro del museo del Prado que no ha llegado a su destino. Ha desaparecido en el traslado. Se trata de *El Jardín de Villa Médicis,* pintado por Velázquez.

Müller se removió inquieto en la silla donde se había sentado.

–¿Habla usted en serio, Lepine?

El pintor no consideró necesario contestar a esa pregunta y se quedó callado, mirando a Müller, afirmando así la verdad de lo que decía.

–Eso es realmente grande –dijo Müller–. Pero nadie querrá ese cuadro. Es demasiado famoso...

Se detuvo sin completar la frase, compuso un gesto pensativo y añadió después:

–¿Cuánto quiere su amigo español?

–Mi amigo sólo tratará con Salinger.

–Espere, espere, Lepine. Le diré cómo se hacen las cosas en este negocio. La galería compra el cuadro y lo vende después a un comprador en cualquier lugar del mundo. A Salinger o a otro.

Lepine sonrió con escepticismo.

–No siempre es así, ¿verdad? Usted y yo sabemos que cada trato tiene sus propias reglas.

–Es cierto. No siempre es así. A veces, la galería sólo interviene para poner en contacto a dos personas...

–Vamos, Müller. Llevo muchos años dentro del mundo de la pintura, a un lado y a otro de la ley. Yo sé muy bien cómo funcionan estas cosas.

–Ese cuadro es muy difícil de vender. Y demasiado caro, seguramente. Incluso para esta galería, ese cuadro es demasiado importante.

–Usted sabe que sólo Salinger podría arriesgarse con un Velázquez tan famoso.

Hubo un silencio deliberado.

–Pero él lo está esperando –añadió Lepine–. Ya ha habido contactos... Sólo necesito saber dónde encontrar a Salinger.

Müller se quedó pensativo.

–¿Dónde está el cuadro? –preguntó.

–¿Dónde está Salinger? –preguntó Lepine.

–¿Cómo podemos estar seguros? –preguntó de nuevo Müller, sin responder–. Habrá que someter el lienzo a una inspección técnica... Me refiero a que un par de expertos tendrán que certificar que lo que tiene su amigo es auténtico.

–Naturalmente.

–Está bien. Yo le llamaré en los próximos días. Salinger es un hombre muy ocupado.

Jean Lepine sonrió de medio lado y miró a Müller con un gesto de incredulidad. Tocó su barbilla con la mano derecha y dijo:

–No, no, Müller. Creo que no acaba de entender lo que he venido a proponerle. Mi amigo tiene un cuadro y usted puede hacer que Salinger lo adquiera. Sólo por eso usted sacará mucho dinero de la operación. ¿Cree usted que yo estoy haciendo esto por nada?

—¿Cuánto quiere?

—Treinta mil francos.

—¿Está usted loco, Lepine? ¿Treinta mil francos?

Lepine sonrió de nuevo.

—No es mucho por un negocio millonario.

—Usted no arriesga nada en todo esto. Esa cantidad es mucho dinero.

—Si lo encuentra caro, dígamelo y yo desapareceré sin molestarle más.

Lepine dejó de hablar en ese momento. Miró a Müller y añadió:

—Puedo encontrar otro camino para llegar a Salinger y usted se quedará al margen de la operación, viendo cómo el negocio lo hacen otros.

Müller endureció el gesto. Miró al techo y se movió en su silla. Después de un silencio largo, dijo:

—Yo le llamaré, Lepine. Yo le llamaré. Déjeme pensar.

—Usted comprenderá que he sido yo quien le ofrece el negocio y no soy tan tonto como para hacerlo gratis.

Lepine se levantó de la silla y se dirigió hacia la puerta cerrada. Descorrió el cerrojo y se despidió de Müller. Volvió andando a su casa, al otro lado de la ciudad y tomó de nuevo los pinceles. Siguió pintando durante todo el día. Siguió bebiendo durante todo el día y llevó a su cara un gesto de satisfacción y una sonrisa amplia que le duró el día entero. Cuando llegó la noche, Lepine dejó de pintar y salió a la calle.

Brumas blanquecinas se adensaban alrededor de los faroles. El cielo se cubría de nubes y las aceras se mojaban lentamente, cubiertas de humedad. Sonaban los pasos de Lepine sobre los adoquines de una ciudad casi desierta. Iba envuelto en su abrigo oscuro, sujetando las solapas con las manos, protegiéndose del frío intenso de la noche. Entró en un callejón sin luces, bajó unos escalones y golpeó con la mano una puerta metálica que se abrió después de un tiempo.

Había en el interior un mundo cálido de luces difusas mezcladas con vasos de alcohol y mujeres y hombres de burdel que miraban al recién llegado sin prestarle mucha atención. Se sentó Lepine cerca de una cortina que ocultaba un pasillo iluminado sólo por el cerco amarillento de una bombilla antigua. Buscaba con la mirada a una mujer que no veía y que había abrazado otras noches por muy poco dinero. Le llevaron a la mesa una botella de coñac y después de tomar el primer vaso se levantó para descorrer la cortina que tenía al lado. Avanzó por el pasillo hasta una habitación pequeña y poco iluminada donde un hombre joven, sentado detrás de una mesa, se subía las mangas de la camisa. Casi sin palabras, le enseñó Lepine unos billetes y el hombre le entregó un tubo de cristal que contenía un polvo blanco. El pintor volvió a su mesa y se llevó a la garganta dos sorbos largos de otro vaso de coñac.

El lugar era una estampa de abandono y suciedad disimulada por la oscuridad que sólo rompían algunos círculos de luz de velas y lámparas pequeñas. Tenía todo un deslucido encanto desgastado, un deterioro desvaído y decadente, un lugar de decoración urgente y sin gusto con una estética anónima y sin estilo hecha de abandono y tiempo. Desnudaban sus piernas varias mujeres adornadas con maquillaje exagerado y perlas falsas en cuellos descubiertos. Se abrazaban sobre los sillones parejas de ocasión envueltas en humaredas de tabaco y algunos hombres adentraban sus manos en escotes abismales, deliberadamente desabotonados y abiertos, que revelaban una carne alquilada cada noche. Lepine destapó el tubo de cristal y llevó el polvo blanco a la nariz con cuatro aspiraciones muy profundas. Asomaron a sus ojos dos lágrimas de reacción a la sustancia y se sentó entonces a su lado la mujer que iba buscando. Desde el borde del vestido rojo se abrió una larga línea lateral que descubría sus piernas vestidas sólo hasta la mitad del muslo por medias negras adornadas con una banda de encaje tupido y se besaron en los labios como primer saludo. Bebió ella del vaso de Lepine, dejó sobre el cristal la marca de sus labios pintados y pasó un brazo por su cuello mientras hablaban de un nuevo trato para esa noche. Pasaron juntos un tiempo de besos largos y manos deslizadas entre la ropa hasta que vaciaron la botella. Salieron luego del lugar a las calles de Berna y llegaron andando a la casa de Lepine, donde se tumbaron sobre una cama ya deshecha.

Entre las sábanas se derramaron muslos y caricias desamoradas, sostenidas sólo por el trato temporal de aquella noche, mientras Lepine empezaba a notar la excitación artificial que el polvo blanco había puesto entre sus nervios. Al impulso de un deseo envuelto en alcohol y droga, Lepine mordió suavemente las orejas de la mujer y cubrió con movimientos redondos de sus manos el volumen de los pechos. Ella se tumbó debajo de él y puso en sus costados las rodillas, convertidos ya los dos en una sola figura de movimientos rítmicos.

–Nunca había estado desnudo al lado de un Velázquez –dijo Lepine.

Ella no dijo nada, convertida su boca abierta en un eco de suspiros.

–Esta noche será distinto, mi amor –continuó Lepine–. Esta noche estás con un hombre muy rico. Y el dinero... ¿sabes qué puede hacer el dinero?

–¿El qué? –dijo ella entre jadeos, moviendo la espalda una y otra vez.

–Que yo me crea que me quieres.

DIECISIETE
—

Cinco días después, sentados detrás de una mesa de mármol, Carlos y Teresa esperaban a Jean Lepine en el restaurante del Hotel National. Se abrían a la calle grandes ventanales y entraba el sol a través de los cristales. Pasadas las once de la mañana, el pintor entró sacudiéndose del cuerpo el frío de la calle y mientras se acercaba a ellos, desde el umbral de la puerta, estuvo mirando la cara de Teresa, a quien quería conocer desde que Carlos le habló de ella. Con los primeros saludos, se quitó Lepine el abrigo, lo dobló y lo dejó sobre el respaldo de una silla. Cuando estuvo sentado, llevó una mano a la boina que le cubría la frente y la dejó sobre la mesa. Carlos le presentó a Teresa y le informó de que ella no hablaba francés. El artista le dedicó una sonrisa amplia y se entretuvo en una mímica escueta para decirle con gestos que era pintor. Estuvo Teresa en el transcurso de la conversación escuchando en silencio e intentando comprender lo que decían y a veces lograba atar algunas palabras a su significado sin poder intervenir del todo en el diálogo.

Lepine llevaba puestas en el rostro las señales de haber dormido muy poco o de no haber dormido en mucho tiempo y pasó las manos por la cara, detuvo las yemas de sus dedos en los ojos y los frotó con movimientos circulares antes de empezar a hablar.

–Esta mañana me ha telefoneado Müller –dijo Lepine–. Ha necesitado cinco días para hacerlo. Pero me ha llamado. Ese galerista es un hombre listo.

–¿Te ha hablado de Salinger?

Lepine asintió con la cabeza.

–Sí –dijo–, pero sin nombrarlo. Parece como si la gente que trata con Salinger quisiera borrarle el nombre. No quieren hablar de él. Es el sumo sacerdote de los negocios grandes... –y sonrió con aire escéptico.

Carlos se mostró inquieto por conocer el contenido de la conversación con Müller.

–¿Qué te ha dicho?

–Me ha dicho que hay un comprador que estaría dispuesto a mantener una entrevista personal con mi amigo español. Sólo contigo. Una persona nada más, ya me entiendes –dijo Lepine, mirando a Teresa.

–¿Cuándo?

–No quieren esperar mucho. Estaría dispuesto a reunirse contigo mañana.

Carlos bebió un sorbo de su taza de café, miró al pintor y le preguntó:

–¿Dónde?

–En Spitz. Es un lugar cercano a Berna. Hay un lago... Puedes tomar un taxi o ir en tren. El viaje no dura más de veinte minutos.

–¿Por qué allí?

–Al parecer, la reunión será al aire libre. Creo que se trata de una invitación a pasear por la orilla del lago. Salinger quiere discreción, naturalmente.

–¿Cómo le reconoceré?

–Él te reconocerá a ti –contestó Lepine.

Un camarero se acercó a la mesa y el pintor pidió una copa de ginebra.

–Müller me ha dado todos los detalles, como ves –continuó Lepine–. Salinger te reconocerá si te sientas en un banco de madera pintado de blanco, justo en el muelle del lago, a las once en punto. Ni antes ni después.

Carlos le tradujo a Teresa lo que habían dicho hasta entonces. Ella asintió con la cabeza, como si lo hubiera entendido todo.

–Ten cuidado, Carlos. Ten cuidado con ese hombre –le advirtió Lepine. Ya sabes... No sólo negocia con arte. También está acostumbrado a negocios de otro tipo...

Carlos movió la cabeza aceptando la advertencia.

–Salinger querrá, naturalmente, una prueba de autenticidad del cuadro.

–Sí –dijo Lepine–. Enviará a sus propios expertos.

Cerró los labios con una mueca de insatisfacción y después de un momento en silencio, añadió:

–Sentiré mucho que se lo queden otros. Ese cuadro ya lleva nueve días conmigo, ¿sabes? Estoy haciendo todo lo posible para no echarlo de menos cuando se lo lleven.

–¿Qué quieres decir?

–Bueno... –titubeó Lepine– estoy estudiándolo a fondo... Quiero decir que lo miro mucho. Me lo estoy aprendiendo. Está completamente dentro de mi cabeza.

–Dile a Müller que iré mañana a Spitz.

Lepine terminó de beber su copa de ginebra y se despidió de Teresa con mucha cortesía y tres o cuatro palabras en francés. Se puso de pie y apretó la mano de Carlos mientras se separaba de él para dirigirse a la puerta del restaurante. Allí se quedaron los dos, hablando del día siguiente y de la entrevista con Salinger.

–Parece que ha llegado el gran momento –dijo Teresa.

–No. La entrevista de mañana es el principio. El gran momento será cuando le entregue el cuadro.

A esa misma hora, Burgos era una ciudad que doraba sus fachadas de piedra antigua con reflejos de sol sobre una débil agua de lluvia ya pasada. A la catedral llegaban tonos luminosos que recortaban sus agujas góticas en un fondo azul cobalto. El aire limpio de nubes, el día radiante de luz, el río como un espejo de plata sonoro en movimiento.

En el despacho del general Jordana, el ministro de Asuntos Exteriores y vicepresidente del gobierno firmaba unos papeles oficiales y lamentaba secretamente empeñar sus días en asuntos políticos, en la distancia del campo de batalla. Aunque vestía el uniforme militar, Jordana prefería lucirlo en las trincheras, rodeado del ruido del combate. Pero comprendía que también la guerra se hacía en los despachos y que en ese momento de su vida le correspondía servir un destino de retaguardia, una posición de silla y mesa que, sin embargo, era muchas veces más intranquila y difícil que la primera línea de la infantería.

Dejó la pluma sobre los papeles y se puso de pie para mirar a través de los cristales de la ventana. Consideró entonces con nostalgia las veces que había servido a España en los combates de África, cuando era más joven, cuando la milicia no anticipaba que tuviera un día que ser ministro. Puso la mirada sobre las ramas de los árboles desnudos que veía en la calle y dejó que le ganara el pensamiento una idea débil de lo que era la política en tiempo de guerra. Llegó a su cabeza la imagen de una batalla diplomática de la mayor importancia y pensó entonces que desde aquel despacho también se ganaban muchos combates.

Jordana consideró la labor que estaba haciendo en Ginebra Eugenio D'Ors, que en pocos días había conseguido ser recibido por los políticos suizos y acrecentar la presencia nacional en Europa. Le parecía que la facilidad con la que había conseguido sacar los cuadros de la sede de la Sociedad de Naciones era un éxito rotundo de su capacidad diplomática y consideró que, en el fondo de todos los consentimientos oficiales, en la base de los triunfos de D'Ors, se encontraba el interés de los organismos políticos europeos por agradar al nuevo gobierno que surgía, altivo, en el horizonte de España. Sabía muy bien Jordana que en la estrategia vaga, inconstante y débil de Avenol se podía apreciar también que su intención era agradar a los fascismos para evitar la guerra en Europa, una guerra que él consideraba inevitable. El general estaba satisfecho de las reacciones internacionales. En muy pocos días Suiza había reconocido al gobierno de Burgos, después Francia y luego Londres. Ese renacimiento europeo estaba permitiendo a D'Ors acumular cada vez más fuerza, ganar presencia en los despachos, pasear su figura como si ya hubieran ganado la guerra y armar tácticas diplomáticas eficaces.

Jordana sonrió al pensar que el único precio que iban a pagar por haber sacado los cuadros de la Sociedad de Naciones y haberlos depositado en un museo de Ginebra era el compromiso de permitir la celebración de una gran exposición. Y se daba cuenta de que aceptar exhibir los cuadros allí era ya un modo de considerarlos propios, como si los hubieran rescatado de las manos republicanas. Había sido al gobierno de Burgos a quien habían pedido permiso para organizar la exposición y no a los delegados republicanos, ni al gobierno rojo, ni al comité internacional. Tenía Jordana noticia completa de que Eugenio D'Ors estaba actuando en Ginebra y se comportaba en todas partes como si el museo fuera en realidad una propiedad suya y del gobierno de Burgos, apartando de cualquier decisión a quienes en realidad habían conseguido que los cuadros se salvaran, salieran de España y llegaran a Suiza. Aunque la evacuación había sido obra de los republicanos, la propiedad real de los cuadros empezaba a ser de los nacionales y nada podía hacerse ya sin contar con la voluntad del gobierno de Burgos.

A Ginebra no llegaban ya más que noticias claras del imparable avance de las tropas sublevadas. Los políticos, ministros, diputados de la República habían huido de España, amparados en la misericordia de otros gobiernos o escondidos entre otros tantos exiliados. En la zona republicana no quedaba ya sino la ruina del Estado, el recuerdo de otra época, la presencia constante e implacable de una derrota tenaz, fría, permanente, de una derrota completa. Fuera de España, Jordana movía una nueva diplomacia arrogante y victoriosa y se instalaba en las mejores condiciones posibles, acreditando embajadores en los países que reconocían al nuevo Estado y enviando agentes políticos y delegados.

Eugenio D'Ors había remitido mensajes a Jordana sobre la preparación de un inventario de las obras del museo del Prado. Técnicos del Cantón de Ginebra, expertos del gobierno, miembros del comité internacional, Pérez Rubio y ocasionalmente el mismo D'Ors habían empezado a ocuparse, dos días antes, de la inspección de las cajas y del catálogo de las piezas evacuadas. Eso significaba, según pensaba Jordana esa mañana, mirando a través del cristal de la ventana, que se habían incorporado a la labor de salvamento del tesoro artístico, que no era ya sólo la República la que había evacuado y protegido los cuadros, que era la España nacional también la que intervenía en el asunto del museo del Prado y que los gobiernos europeos y la propia Sociedad de Naciones habían tenido que contar con la opinión y la voluntad de Burgos.

El coronel Arias abrió la puerta del despacho del general Jordana.

—¿Da su permiso? —dijo el coronel, avanzando ya hacia el centro de la habitación.

—Adelante —contestó el político, que dejó entonces de mirar por la ventana.

Arias se acercó a grandes pasos hasta la mesa del ministro con la actitud de quien lleva noticias urgentes.

—Mi general, se acaba de recibir una información importante.

—Dígame, Arias.

—Usted sabe que en Ginebra se ha iniciado el inventario de las obras de arte evacuadas. Pues bien, mi general, apenas se abrieron las primeras cajas, apareció *El jardín de Villa Médicis*.

Hubo un silencio largo hasta que Jordana preguntó:

–¿El cuadro que debía tener en su poder nuestro agente?

–No, no, mi general. El otro cuadro con el mismo nombre, el que los rojos iban a entregarle a Salinger...

–¿Qué quiere decir, Arias?

–Esa pintura no debería estar allí. Hay que pensar que los rojos han renunciado a realizar la operación.

–¿Hemos enviado a un hombre a Suiza con un cuadro de Velázquez para evitar algo que no iba a ocurrir?

–Al parecer, el enemigo no está utilizando el cuadro para ningún intercambio –dijo Arias–. Según nuestra información, *El jardín de Villa Médicis* era el precio que iban a pagar por las armas. Pero el cuadro está en Ginebra, con los demás. Supongo que han decidido no realizar la operación.

–Coronel, cada vez que hablo con usted sobre este asunto tengo que ir despacio. ¿Hemos robado un cuadro para nada? ¿Hemos enviado un hombre a Suiza con un cuadro de Velázquez para nada? ¿Es eso lo que me está usted diciendo?

–Supongo que los rojos manejaron la idea alguna vez pero, al final, no se han decidido a realizarla. Así que Salinger no espera ningún cuadro.

–Y el hombre que tenemos en Berna no lo sabe. Dígame, Arias, ¿qué puede haber pasado?

–Puede que las negociaciones, al final, no fueran bien. Quizá a Salinger no le interesó el negocio. Tal vez Salinger no pudo reunir las armas. Mi general, sinceramente, no lo sé.

–¿Qué sabe nuestro agente de esto?

–Nada.

–Dios le ampare.

DIECIOCHO

Aunque Carlos había estado preparándose para ese encuentro, sentía ahora, en el interior del tren que le llevaba a Spitz, una especie de temor desconocido. Tenía enormes deseos de desprenderse definitivamente del cuadro de Velázquez, de acabar la misión que le había llevado a Suiza. Desde la estación de Berna hasta Spitz el tren serpenteó por las faldas de los montes y esquivó regueros e hilos de agua despeñados desde las cumbres como velos de gasa que parecían flotar.

Veintitrés minutos después de su salida de Berna, llegaba Carlos a la estación de Spitz, un apeadero escueto, casi inadvertido, rodeado de vallas de madera, en la pendiente de una montaña. Brillaban las traviesas y las vías a la luz intensa del sol, descubierto de nubes, redondo en un cielo azul y extenso que se recortaba en las cumbres afiladas. Podía verse desde el andén el agua de un lago al fondo y algunas embarcaciones varadas en la orilla. Carlos dejó a su espalda una verja de hierro y se alejó del tren, que humeaba nubes blancas mientras se ponía de nuevo en marcha.

Un camino de tierra bordeado de césped muy crecido conducía al pueblo, que podía verse abajo, al final de la ladera, al lado del lago profundo y sereno, esmaltado con brillos de azul turquesa. Carlos llegó a Spitz, un pequeño pueblo orillado muy cerca del agua, rodeado de montañas, con tejados rojos y verdes sobre casas blancas diseminadas. Caminó, nervioso, hasta el embarcadero, mirando a un lado y a otro, tratando de descubrir si le esperaban allí, si Salinger estaba cerca, si alguien le seguía. Vio entre el relieve de dos amarres un banco blanco vacío y supo que aquél era el punto de encuentro señalado. Miró su reloj. Faltaban más de veinte minutos para las once en punto de la mañana y se entretuvo paseando entre las embarcaciones que flotaban ancladas sobre el agua. Se acercó al borde mismo del lago y se detuvo contemplando el movimiento tenue de unas olas pequeñas, sin altura y sin espuma, olas calladas y levísimas, el movimiento casi imperceptible del agua golpeándose en la orilla.

A esa hora, Carlos había hecho todo lo posible por transformarse en lo que quería ser delante de Salinger, en un soldado republicano enviado por el gobierno para entregarle una pintura a cambio de un cargamento de armas. Vestido de paisano, lejos de las trincheras de la guerra, en un país extranjero, Carlos ensayaba mentalmente el lenguaje que debía utilizar para no confundir los bandos, para hablar de la República como si hubiera peleado por ella y no contra ella, para no cometer errores en su personalidad fingida. Miraba el reloj con mucha frecuencia y descubría que los minutos pasaban lentamente a la orilla del lago. Observaba el banco vacío y veía que el lugar estaba a esa hora casi deshabitado, sin gente. Se acercó al centro del embarcadero y a las once en punto se sentó en el lugar de la cita, en el pulido e impecable banco blanco que miraba al agua, a las montañas, al cielo azul intenso de esa mañana.

Muy poco tiempo después dos hombres, que caminaban juntos, se acercaron hasta donde estaba Carlos y le invitaron a seguirles. A pocos metros de allí, un hombre de pelo blanco, de cerca de sesenta años, con chaqueta azul de botones dorados, asomaba su figura desde la cubierta de una embarcación anclada y sujeta a la orilla por dos cuerdas de amarre. Con un leve gesto de su mano le saludó y le animó a subir al barco. Los dos hombres que le acompañaban se quedaron en la orilla y Carlos avanzó por el frágil puente de maderas flotantes hasta llegar a la cubierta, donde el hombre de pelo blanco le tendió su mano con un saludo protocolario. A Carlos no le cupo duda de que estaba frente a Salomon Salinger. Pero aun así, preguntó:

–¿Señor Salinger?

Salinger asintió con la cabeza y, mientras le invitaba a sentarse en una silla, le dijo:

–Salomon Salinger. No quiero dejar de usar mi nombre judío ahora que todavía se puede hacer en Suiza.

Y sonrió después de decir esto.

–¿Cómo debo llamarle a usted?

–Carlos Sánchez.

–Bienvenido, señor Sánchez. Bienvenido a bordo. Si tenemos que hablar de negocios, es mejor que lo hagamos solos, en este barco y no en algún lugar concurrido de Berna.

La cara de Salinger mostraba un gesto amable, distendido, ameno y amistoso. Encendió una pipa y cruzó sus piernas en otro sillón. Hizo algunas preguntas sobre la situación de la guerra en España como principio de la conversación y algunas otras sobre el viaje en tren hasta Spitz con exclusivos propósitos de cortesía. Carlos adoptó la personalidad fingida de agente republicano y contestó a las preguntas de Salinger como correspondía a su procedencia supuesta, lamentando el mal estado de la situación militar en el frente, el agotamiento de las fuerzas republicanas y la urgente necesidad de aportar armas a la guerra para defender a la República.

—Interesante... —dijo Salinger, como si aquellas noticias le revelaran algún aspecto que desconocía y fingiendo un interés que claramente no tenía—. Yo siempre he dicho que la guerra de España nos concernía a todos. Pero ya sabe usted cómo es este país... Cualquier día habrá una guerra en toda Europa y los suizos seguirán pensando sólo en sus propios asuntos, como si no pasara nada.

Hizo una pausa, aspiró su pipa y, mirando a Carlos, le dijo:

—Adelante, le escucho. Primero los negocios.

—Los fascistas —dijo Carlos— están a punto de ganar la guerra. No son hombres ni ideas ni valor lo que le falta a la República española. Lo que nos falta son armas, las armas que usted puede conseguir. Cuando disponga la entrega de esas armas, yo le entregaré el cuadro.

—Sí, yo sé... Ya hablé de todo eso con su gobierno... Pero no entiendo... ¿por qué ha venido usted a Suiza como si hubiéramos llegado a un acuerdo? Toda esa negociación se rompió hace casi tres meses.

Carlos recibió con sorpresa lo que oía y no supo qué responder. Si la negociación se había interrumpido unos meses antes, él no debería estar allí hablando con Salinger ni había ningún motivo para haber ido a Suiza con un cuadro de Velázquez.

–Su gobierno interrumpió los contactos hace casi tres meses, señor Sánchez. No he vuelto a saber ni una palabra sobre el asunto. Como usted comprenderá, yo ya no esperaba el cuadro ni su visita.

Carlos se esforzó por reaccionar con frialdad a estas noticias. Pero era lo cierto que si no había ya negocio, le resultaría muy difícil explicar su presencia allí. Por eso dijo lo primero que se le vino a la boca para intentar que Salinger siguiera hablando y darse tiempo a comprender lo que escuchaba.

–El cuadro está en Suiza.

–Sí, sí, ya sé... Eso es lo que me sorprende.

Hizo una pausa y, muy seriamente, le preguntó, mirándole a los ojos:

–¿Es usted realmente un enviado del gobierno republicano? ¿Cómo puedo estar seguro de eso?

Sin esperar respuesta, lanzó una enorme carcajada justo después de hacer la pregunta.

–Oh, señor Sánchez, discúlpeme, discúlpeme. Yo no desconfío de usted. Yo ya he dicho a su gobierno que puedo conseguir esas armas. Pero es como si ustedes se hubieran arrepentido.

Carlos no había previsto una conversación como ésa. Estaba enterándose en ese mismo momento de que el intercambio que tenía que impedir no iba a realizarse.

–¿Qué significa esto? –preguntó Salinger–. ¿Qué hace usted aquí? Hace tres meses que las conversaciones se interrumpieron.

Carlos reaccionó como mejor pudo.

–Las conversaciones se interrumpieron... por seguridad.

–¿Y les parece más seguro venir aquí con el cuadro?

Yo creí que ustedes habían renunciado al intercambio. Eso me dijeron ustedes mismos. Y aparece usted en mitad de Berna con un cuadro de Velázquez cuando yo ya no lo esperaba.

Salinger se quedó en silencio y añadió después:

–Hay en todo esto algo que no encaja. Si fuera cierto que siguen interesados en el negocio, ¿cómo traen el cuadro antes de que lleguemos a un acuerdo? ¿Sabe lo que creo, señor Sánchez? Creo que usted intenta engañarme.

Carlos se puso muy nervioso y Salinger se dio cuenta. Le miró fijamente y añadió:

–Tal como veo yo las cosas, ustedes renunciaron al negocio porque creyeron que podían hacer el trato con otros compradores en Europa y, naturalmente, no lo han conseguido. Y ahora quieren que yo crea que las conversaciones conmigo nunca se terminaron. Pero yo no me dejaré engañar.

–No le entiendo.

–Yo sé muy bien por qué han venido a verme y por qué han traído finalmente el cuadro. Porque soy el único que puede hacer una operación de esa envergadura. Ustedes habrán estado intentando hacerla en otros lugares con otras personas durante estos tres meses y al final... Al final han tenido que venir a verme a mí, como si las negociaciones siguieran abiertas. Eso bajará mucho el precio. Sepa que eso bajará mucho el precio.

Carlos estaba seguro de que, por alguna razón que entonces se le escapaba, la República había renunciado al intercambio. En la cubierta de la embarcación, tuvo que pensar muy de prisa para darse cuenta de que su presencia en Berna y su conversación con Salinger no tenían ya ningún sentido. Sin embargo, allí estaba, tratando de llegar a un acuerdo que ya no era necesario.

–¡Ah, los españoles en guerra y sus secretos! –exclamó Salinger–. Ésa fue la verdadera causa de que no llegáramos a un trato hace meses. Yo no podía saber con quién hablaba. Siempre era un vago recurso al gobierno... a un nombre común... por medio de montones de personas interpuestas... Eso me hizo desconfiar, le soy sincero. En este negocio sólo se sobrevive hablando claro y teniendo mucho cuidado.

–¿Cuándo puede usted entregar las armas?

–Primero tengo que saber que el cuadro es auténtico. Unos expertos de mi confianza irán a verlo cuando usted proponga...

–Mañana.

–Mis expertos estarán mañana en la galería Müller, hacia el mediodía. ¿Llevará allí el cuadro?

–No, naturalmente. Yo mismo iré a la galería y acompañaré a los expertos hasta donde está.

–Después de los informes técnicos, cuando me certifiquen la autenticidad –dijo Salinger–, podemos volver a tener otro encuentro. Fijaremos el cargamento de armas que necesitan y las tendrán en siete u ocho días sobre el mar, viajando hacia España.

La conversación transcurrió después sobre los asuntos de la guerra, sobre el futuro de Europa, sobre la importancia artística del cuadro de Velázquez, hasta que Carlos abandonó el barco, saltó a la orilla y volvió su espalda a Salinger.

Se alejó de allí pensando que estaba realizando un trato que, seguramente, ya no interesaba al gobierno de Burgos. Pero en la cubierta de la embarcación no pudo hacer otra cosa que seguir la conversación y mantener su postura. La situación, comprendió, se había complicado mucho. Se alegró de poder volver a Berna y de disponer de tiempo para pensar. Unos minutos después, llegaba de nuevo al andén de la estación de Spitz y miraba desde allí el lago, lejano, en calma.

Sobre la madera pintada de la cubierta sonaron entonces los pasos de Fritz Müller, que salía del interior del barco y se sentaba al lado de Salinger, en la misma silla que había usado Carlos.

–¿Ha podido escucharnos, Müller?

–He oído toda la conversación.

–Yo creo que ya no hay dudas. ¿Ha visto su reacción y el gesto de su cara cuando le he dicho que intentaba engañarme? Se hubiera tirado al agua en ese momento. Tenía miedo.

–Entonces, ¿quién es?

–No lo sé. Tiene el cuadro, no hay duda. Pero no le envía el gobierno de la República.

–¿Eso está confirmado?

–He hablado con algunas personas en España. Pensaron, sí, pensaron que podían hacer conmigo ese negocio. Pero luego renunciaron. No han enviado a nadie con un cuadro de Velázquez. Este hombre no es un agente republicano. Tarde o temprano se olvidará de las armas y querrá sólo dinero. Seguramente trabaja por su cuenta.

–Yo le esperaré mañana en mi galería.

–Yo también enviaré unos... ¿cómo les llamaremos, Müller? ¿Unos expertos? –dijo Salinger con una sonrisa.

DIECINUEVE
—

Sobre la cubierta del barco el sol ponía espejos en el lago, iluminaba las barandillas metálicas y secaba de humedad las cuerdas de amarre. Salinger y Müller intentaron descubrir las razones por las que un español había llevado a Suiza un cuadro de Velázquez fingiendo que se trataba de un negocio promovido por el gobierno republicano. El galerista recordó la pretensión del pintor Lepine de recibir treinta mil francos suizos por la operación y ambos consideraron que era sólo un adelanto del dinero que intentaban que Salinger pagara por el lienzo.

En el trayecto de vuelta a Berna, Carlos tuvo tiempo de repasar mentalmente la conversación que había mantenido y de pensar en la nueva situación que aparecía ante sus ojos, una situación distinta de la que le había llevado hasta allí. De las palabras de Salinger se desprendía claramente que el negocio que los republicanos iban a realizar había sido suspendido. Así, pues, pensó que si realmente los republicanos ya no iban a hacer el intercambio, tampoco él tenía razones para entregar el cuadro porque la operación que quería impedir ya no iba a realizarse. Consideró que se encontraba libre de hacer la entrega y pensó en la posibilidad de salir de Suiza y volver a España antes de encontrarse con los expertos, antes de ir al día siguiente a la galería Müller. Pero no se atrevió a tomar esa decisión todavía.

Viendo pasar con rapidez los árboles cercanos a la vía del ferrocarril, entreteniendo la mirada en paisajes verdes y cumbres elevadas, se dio cuenta de que el final de su misión secreta estaba cerca y que muy pronto tendría que hablar con Teresa empuñando la verdad. Pensó que había llegado ya la hora de enfrentar la realidad y que en ese momento de la operación ya no era posible seguir fingiendo delante de ella. Pero era lo cierto que allí, sentado en el interior del vagón, no encontraba el modo de decirle a la mujer que quería que había estado engañándola y que él era otra persona distinta, muy distinta, exactamente un enemigo. Algo parecido a una sonrisa pareció dibujarse entre sus labios cuando pensó en eso. Una sonrisa escéptica y una mirada de incredulidad le ganaron el gesto cuando pensó que Teresa y él eran rigurosamente enemigos.

Apoyó la cabeza en el cristal de la ventanilla y maldijo la guerra, la absurda guerra que les había colocado en bandos diferentes. Y maldijo las ideas, las estúpidas ideas enfrentadas sobre las que se erguían banderas distintas. Cerró los ojos entonces y condenó los disparos y los bandos y se compadeció un poco de sí mismo por estar tomando parte en una locura que duraba ya casi tres años. Con los ojos cerrados, al vaivén del tren, se le reveló la figura de Teresa, el recuerdo de su imagen en el patio del castillo de Figueras, aquel pelo largo de sus días de enfermera. Recordó Carlos el viaje en el camión hasta la frontera, los cuidados de su herida, la maleta de Machado. Y estuvo seguro de que era muy difícil revelarle ahora la verdad, después de haber estado sosteniendo el engaño tanto tiempo. Buscó el modo de seguir con ella sin tener que explicar de dónde venía o para quién había estado luchando, sin tener que referirse a las banderas y a las zonas en guerra y no encontró la manera de evitar que esa verdad pesara entre ambos y se irguiera como una separación terrible. Por eso, en el hotel, cuando Carlos terminó de contarle a su manera y en lo que pudo la entrevista con Salinger, intentó atar una conversación que le permitiera explorar si aquel era un momento adecuado para contarle la verdad o si debía seguir callado, esperando, manteniendo la mentira.

–Entonces –decía Teresa– ese hombre vive lujosamente del delito mientras en España no quedan ya ni migas de pan ni dos hermanos que no sean enemigos.

Esa frase le permitió a Carlos iniciar la conversación que más le interesaba.

–Ni dos hermanos que no sean enemigos... Alicia, ¿qué estamos haciendo en España? ¿Qué hemos hecho? Hemos fabricado el odio infinito, un odio que ha dejado el campo de batalla para instalarse entre las familias, entre los amigos, entre los amantes...

–La guerra.

–La guerra, la maldita guerra...

Carlos buscaba un modo de explicarle quién era y sólo se le venían a la boca palabras de ternura.

Alicia... te quiero –le dijo, abrazándola.

–Te quiero, Carlos.

Y sobrevino un silencio que Teresa rompió deliberadamente.

–Y este amor ha nacido en la guerra –dijo–. Una guerra que tú y yo estamos haciendo en Berna, aquí, tan lejos de las balas.

–Eso es lo que me preocupa, Teresa, que hayamos traído la guerra hasta aquí, que no nos libremos de ella ni saliendo de España, que la guerra esté exactamente donde nosotros estamos. Es como si lleváramos la guerra pegada a nuestro cuerpo.

–Es peor que eso, Carlos. Es mucho peor. Es como si nosotros mismos, tú y yo, fuéramos la guerra.

Teresa dijo esto con la cara empañada de un gesto triste, entornando los ojos, como si esperara una respuesta. Carlos sintió con esa frase un escalofrío. Teresa había dicho que ellos dos eran la guerra como si adivinara que en esa habitación no hubiera sólo una mujer y un hombre enamorados sino que eran dos enemigos los que estaban abrazados. Se separó entonces de ella para mirarle a los ojos, para intentar averiguar por qué Teresa había dicho una frase que era el resumen de todo lo que él estaba pensando. Y encontró en su cara un gesto dulce, una sonrisa apenas esbozada, una mirada de infinito amor. Se estremeció Carlos al verla, le vino un enorme empuje por decirle la verdad y apretó los dientes y las manos para callar, para no quebrar aquel instante.

–¿Por qué has dicho eso? ¿Por qué has dicho que tú y yo somos la guerra?

–¿He dicho yo eso? –preguntó para eludir la respuesta.

Los dos callaron. Volvieron a abrazarse y, cuando las cabezas de ambos se apoyaron en el cuerpo del otro, Teresa añadió, hablando muy despacio, con un tono leve, en voz muy baja:

–Si aquí mismo, en este hueco estrecho entre tu pecho y el mío, así abrazados, cupieran banderas, guerras, bandos y colores... no estaría ahora tan cerca de ti, escuchando los golpes de tu corazón.

Abrazó a Carlos con más fuerza. Llevó sus labios hasta la oreja de él y así, en voz muy baja, le dijo:

–Los golpes de tu corazón... *Tin-ton, tin-ton...* Calla, Carlos, no digas nada. Déjame escuchar sólo los golpes de tu corazón.

La lámpara de cristales tallados colgaba desde el techo y se abría en varios brazos de luz sobre la sala. Entraba el público vestido con adornos para una noche de gala. Las butacas de terciopelo rojo iban ocupándose y flotaba en el aire una mezcla de perfumes. El escenario, oculto detrás de un telón bajado, se iluminaba con focos azules y al palco principal asomaba el perfil sonriente de Eugenio D'Ors, invitado por las autoridades del cantón de Ginebra a la representación de una ópera de Wagner. Hablaba el delegado español con Adrien Lachenal, presidente del Consejo de Estado suizo y del cantón de Ginebra en un pulcro francés y cambiaba de idioma para dirigirse en alemán a otras autoridades que le saludaban con cortesía. Consideraba en la conversación Eugenio D'Ors algunos elementos musicales de la obra que iban a ver y los combinaba con los detalles de la escuela romántica alemana para enseñarle a Lachenal sólo un aspecto de su inmensa cultura que, en contacto con los políticos suizos parecía todavía mayor. Elaboró allí mismo una crítica urgente de arte musical y pasó a hablar después de los pintores contemporáneos de Wagner para remontarse a los orígenes de la pintura flamenca según cambiaba de postura en la silla en la que estaba sentado, como si lo que decía fueran sólo los rudimentos esenciales de una charla informal.

Eugenio D'Ors había sido invitado esa noche por las

autoridades suizas a asistir a la ópera con toda ceremonia, como si se tratara de un embajador que hubiera presentado ya sus cartas credenciales. Y el intelectual español se sentía cada vez más seguro de estar representando un nuevo orden político en el centro de Europa para asombro de las democracias que él llamaba decadentes. Por supuesto, había aceptado asistir a la representación después de declarar muy altivamente que sólo se presentaría en el teatro si tenía la garantía de no compartir el palco con Avenol, a quien ya sin otra prudencia denominaba el cómplice de los rojos, el hombre que retenía un tesoro artístico propiedad del museo del Prado, el enemigo del nuevo Estado español.

Unos minutos antes de que subiera el telón, Adrien Lachenal le había preguntado a D'Ors si efectivamente daría su autorización para celebrar en Ginebra una exposición.

—Nunca antes de recuperar los cuadros —le respondió con firmeza.

El gesto serio, la mirada fija, Eugenio D'Ors esperó unos segundos y añadió después:

—Convenza usted a Avenol para que los entregue mañana mismo y mi gobierno no se opondrá a esa exposición.

—Avenol es el secretario general de la Sociedad de Naciones. Mi gobierno no puede obligarle a hacer nada que no quiera hacer. No es un funcionario suizo.

—Pero usted no puede negar que la situación es una ofensa a mi gobierno y a todos los españoles.

—Avenol tiene los cuadros bajo custodia aunque hayan sido trasladados a un museo de Ginebra. Por tanto, es a él a quien corresponde devolverlos al gobierno de España cuando la paz se restablezca.

–Señor Lachenal, en estos momentos se está realizando el inventario de las obras de arte evacuadas de la
guerra y, en cuanto concluya, alguien tendrá que devolver los cuadros a sus propietarios, los españoles.

–Oh, sí, desde luego. Pero cuando esa disputa termine, Ginebra estará muy orgullosa de poder exhibir
ese tesoro en la ciudad.

Mientras Lachenal hablaba con D'Ors, a muy poca
distancia de allí, Timoteo Pérez Rubio pasaba otra noche recogido de favor en la casa de un amigo de Jacques
Jaujard. Sin apoyo de su gobierno, abandonado, no disponía ya de dinero ni podía seguir sobreviviendo en Ginebra. Tenía la sensación de que los ginebrinos le consi-
deraban un delincuente que había colaborado en el
robo de los cuadros del museo del Prado para provecho
propio. No le recibían en los despachos oficiales y estaba
apartado de todas las decisiones. Timoteo Pérez Rubio
era el perdedor de una guerra que todavía seguía librándose en España, el derrotado de una guerra que seguía
viva en los campos españoles. Al mismo tiempo, D'Ors
era invitado a actos culturales, asistía a conciertos y a representaciones teatrales, expandía su influencia y su capacidad de decisión. En la sombra gris del olvido, Timoteo
Pérez Rubio se asombraba de los triunfos del gobierno
de Franco en todas las instancias internacionales, como
si ya fuera el vencedor de la guerra, como si la República
no existiera.

Detrás de un mostacho antiguo, Pérez Rubio caminaba por las calles de Ginebra sin rumbo fijo. Se había
quedado atrapado en aquella ciudad a donde llevó los
cuadros y parecía que ya nadie le conocía ni le saludaba.
Era, sin embargo, el delegado republicano para el salva-

mento del tesoro artístico y en el aire de toda Europa no sonaban más que el nombre y las palabras del delegado franquista, Eugenio D'Ors. Estaba seguro Pérez Rubio de que los políticos pretendían así no molestar a los fascismos nuevos y que muchas de las atenciones que recibía D'Ors se dirigían al absurdo intento de integrar a la España de los vencedores en el panorama democrático de Europa.

–No molestar a la bestia. Eso es lo que quieren todos –le había dicho Rubio al amigo de Jaujard que le acogía en su casa–. Como si esa serpiente se domara con caricias. No saben lo que están haciendo.

El hombre que había colaborado con el comité internacional en el salvamento de las obras de arte veía en todo esto el espantoso gesto mundial para agradar a los fascismos. Alemania, Italia y ahora España eran tratadas en toda Europa con la condescendencia de los gobiernos democráticos, que pretendían así evitar una guerra general, aunque Pérez Rubio se asombraba de que los políticos no se dieran cuenta de que la elegancia diplomática no iba a contener a los alemanes.

A pesar de su aislamiento, a pesar del amargo regusto de su soledad infinita, el delegado republicano intentó cada día mantener su presencia, ejercer su cargo. Trataba de explicar a todos la realidad de los acontecimientos, la verdadera intención del gobierno de Burgos, la situación de la República y cuando ya nadie escuchaba sus razones, encontró la forma de conseguir que un periódico de la ciudad le hiciera una entrevista.

–¿Es que no queda ya nadie capaz de ver lo que significa el fascismo? ¿Van a bailar todos con el monstruo? –manifestó en la conversación con el periodista.

–¿Qué ha hecho el gobierno de Burgos para salvar el museo, don Timoteo?

–Nada. Absolutamente nada. Al revés, lo que ha hecho ha sido bombardear el museo en noviembre del 36 y bombardear las carreteras por donde evacuamos los cuadros.

–Dice el señor D'Ors que, jurídicamente, lo que ha hecho la República es un robo.

–Nadie puede creer eso de verdad. Déjeme que le diga una cosa. Todo lo que ha venido a hacer D'Ors aquí es construir una mentira para que parezca que Franco también ha querido salvar los cuadros.

La entrevista nunca apareció en periódico alguno. Lo que la prensa suiza reflejaba eran las declaraciones del delegado franquista, que había conquistado un hueco permanente en las páginas de los diarios. Este último esfuerzo por ganar su propia voz, este intento de Pérez Rubio para que la verdad apareciera escrita se convirtió en frustración e impotencia cuando comprobó que la entrevista había sido censurada completamente y que él, sencillamente, no existía.

Antes de que llegara D'Ors a Ginebra, Pérez Rubio pareció adivinar lo que iba a ocurrir después. Cuando Jaujard le anunció que la intención de Avenol era contar con la voluntad del gobierno de Burgos en todas las decisiones relativas al museo del Prado, cubrió su cara con un gesto de preocupación y lamentó que el secretario general de la Sociedad de Naciones fuera tan suave con un gobierno que iba a poblar España de patíbulos.

Sin que nadie se ocupara de él y pasando hambre, Pérez Rubio penaba una amargura infinita que le impedía dormir. Como el muñeco roto de aquel guiñol político europeo, apartado de todos y completamente solo, era el perdedor absoluto que en las comedias aparece para aviso moral del desagradecimiento y del olvido. Convertido en fantasma de sí mismo, todas sus reflexiones se orientaban a averiguar la causa por la que el mundo entero aclamaba al general guerrero que iba a terminar con la libertad y la cultura.

–Así que –pensaba en silencio, sentado ante el lago Leman, con la cabeza entre las manos– de nada habrán servido tres años de guerra y tantos muertos. Las heridas y la sangre de España no han servido para nada. Han dejado que lucháramos solos para aclamar después al vencedor.

Levantó la vista hacia la superficie del lago y consideró que todo cuanto veía le era ajeno. Y él mismo se sintió ajeno a aquel paisaje, a aquella tierra, a todo cuanto estaba pasando allí en mitad de una Europa confiada que intentaba convivir con los fascismos para evitar la guerra. Tembló realmente y hasta sintió frío, un frío interior que le desabrigaba el corazón y todas las esperanzas. Sentado ante el lago Leman, era allí como el resumen de todas las derrotas y se vio a sí mismo convertido en un hombre de trapo, como habían sido cada uno de los muertos españoles. Pérez Rubio cubrió su cara con las manos para dejar correr algunas lágrimas por donde sacaba de su pecho una emoción maldita que le desbarataba por dentro. Era como si la Historia tomara el rumbo de las mordazas, como si el mundo quisiera cerrar los ojos, como si se rindieran todos al ruido de las botas militares.

–Saludan a Franco con sonrisas para no desagradar a Hitler. Y el animal se comerá la mano que ahora le acaricia –pensó.

Cerró los ojos y se quedó quieto. Todo había sido inútil, incluso la entrevista que nunca apareció publicada. Y dobló la espalda, vencido, inerme, sin fuerzas, cuando recordó que al periodista le había dicho:

—No quiero reconocimientos ni agradecimientos. Quiero justicia. Quiero que se sepa y que la Historia sepa que a ellos nunca les importó el museo del Prado.

Nadie se fijó en él mientras estuvo a la orilla del lago, ni siquiera cuando lloró, ni siquiera cuando se fue de allí, caminando, envuelto en brumas de decepción, sin esperanza, convertido en la síntesis perfecta de todos los fracasos.

VEINTE

La ventana era un cuadro de luz difusa en mitad de la penumbra. Se adentraba el sol tímidamente sobre las sábanas de la cama y ganaba una vaga claridad la habitación. En el desorden de un sillón reposaba abandonada la ropa de los dos, el pantalón de Carlos enlazando el vestido de Teresa y su camisa enredada entre las medias. Puesta en un rincón, ya casi cubierta de olvido, la maleta de Machado se apoyaba sobre una pared en sombra y descuidado en mitad de la alfombra se abría el pliegue arrugado de una manta descolgada del borde de la cama. Vio Teresa al abrir los ojos una lámpara sujeta al techo, sostenida en la quietud del aire, ingrávida y ligera, como había sostenido ella sus sueños de esa noche. Recordó la casa de Anatole, la herida de Carlos, el viaje en el camión, el castillo de Figueras y la guerra toda. Y se sintió muy distinta a la que había sido, en una ciudad remota, al lado de un hombre al que quería sin saber por qué, sin saber tampoco desde cuándo.

A las nueve y media de la mañana dejaban atrás la puerta principal del Hotel National y salían a la plaza de Hirschergraben con las manos enlazadas. Carlos le advertía a Teresa que Jean Lepine se aficionaba al alcohol desde muy temprano cada día y que su casa era un taller desordenado donde gastaba pinceles como pintor maldito o como artista sin fortuna. Cuando Teresa le preguntó por qué conocía a Lepine, Carlos le reveló un aspecto de su vida del que no le había hablado todavía.

–Yo quise ser pintor a los dieciocho años y conseguí una beca de la Junta de Ampliación de Estudios para estudiar arte en Berna. He vivido aquí durante dos años. Después volví a España sin saber que iba a meterme en una guerra.

–Entonces, eres un artista.

–Lo fui dejando al regresar a España porque necesitaba dinero. Y lo que iba a ser mi oficio se fue quedando en afición. Aquí conocí a Lepine. Vivía entonces donde ahora y era ya el mejor de todos los estudiantes de Bellas Artes. Lepine es un pintor inmenso que ha tenido mala suerte.

–¿Mala suerte?

–Le engañaron los marchantes, se asomó al fracaso con esa atracción que produce ser un genio maldito y allí se quedó atrapado. Para remediar todo eso se agarró a una botella, hizo amigos fáciles, negocios negros... y ahora guarda una pistola en su casa, como si tuviera algún enemigo distinto de sí mismo.

Cruzaron el río Aare y comenzaron a subir la pendiente que les llevaba a la parte alta de la ciudad. Con la catedral detrás de ellos y la remota figura azulada de los Alpes en el horizonte, se metieron en un laberinto de calles estrechas y empedradas.

Lepine les abrió la puerta de su casa con una sonrisa que a Teresa le pareció pintada. Sobre un caballete puesto en medio de la habitación en la que estaban, una amplia tela cubría completamente un lienzo. El pintor se acercó hasta allí y con mucha ceremonia y un gesto de entusiasmo dibujado en la cara descubrió poco a poco el cuadro. Apareció a la luz de la habitación *El jardín de Villa Médicis* extendido sobre un bastidor. Los tres lo contemplaron en silencio, con una muestra de emoción.

Carlos le explicó entonces que esa misma mañana irían los expertos de Salinger a hacer una inspección técnica de la pintura y que debía encontrarse con ellos en la galería Müller.

–¿Cómo es Salinger? –preguntó Lepine.

–Unos sesenta años sobre un cuerpo flaco y largo.

Teresa miraba el cuadro complacida y se detuvo en la sorpresa que le producía que aquel lienzo no hubiera sufrido desperfectos después de un largo viaje escondido en un abrigo. Sobre el bastidor aparecía plano y liso, indemne a los roces y arañazos.

–Entonces –dijo Lepine– tengo que empezar a despedirme de él. Lo he mirado tanto, lo he estudiado tanto que me parece un cuadro mío.

Después de decir esto, volvió Lepine a doblar la tela que lo protegía y lo ocultó de nuevo.

–Vendré aquí con los expertos y les dejaremos hacer su trabajo. Cuando le certifiquen a Salinger que es auténtico, volveré a reunirme con él y fijaremos los términos del intercambio.

Cuando dijo esto, Carlos se puso de pie y caminó despacio hacia la puerta, mirando su reloj.

–No debo hacerles esperar –añadió.

Teresa y Jean Lepine se quedaron juntos en la casa, sin saber muy bien cómo entretener el tiempo hasta que Carlos regresara. Ella se interesó por mirar los cuadros que Lepine tenía arrinconados y apoyados en las paredes y el pintor empezó a mostrarle algunos lienzos propios. Carlos se dirigió a la galería Müller por el camino más corto, pensando que estaba muy cerca del final de la operación. No había podido decidir todavía si realmente iba a entregarle el cuadro a Salinger. Sabía que no era ya necesario, pero tenía una orden que cumplir y aceptó, finalmente, que abandonar el plan sin consultar con el gobierno que le había enviado allí era una decisión muy arriesgada. De momento, pensó, iba a facilitar la inspección del cuadro por los expertos y mantendría abierta la posibilidad de renunciar a la entrega hasta su siguiente reunión con Salinger.

En la casa de Lepine, el artista le mostraba a Teresa sus pinturas con algunas palabras en francés y Teresa contemplaba los lienzos en silencio y con grandes gestos de admiración. El pintor mezclaba óleos con dibujos y cuadros terminados con bocetos y parecía estar satisfecho de que ella se interesara por sus obras. Bebía Lepine sin vaso de una botella y sonreía con cada gesto de Teresa. Finalmente, se puso al lado del caballete cubierto por la amplia tela y lo descubrió de nuevo con una actitud orgullosa. Se señaló a sí mismo con las manos como si aquel cuadro lo hubiera pintado él. Teresa no comprendió esta actitud hasta que Lepine sacó de un rincón, muy protegido, el bulto plano de una carpeta de cartón. Al abrirla, Teresa vio, también allí, *El jardín de Villa Médicis*, el cuadro de Velázquez, que el pintor mantenía entre las manos como aparecido por magia del interior de la carpeta. Y delante de ella, puesto en un bastidor y subido al caballete, estaba también el mismo cuadro. Lepine inició una carcajada inmensa, sonora, amplia. Puso una pintura al lado de la otra y a Teresa le parecieron idénticas, salvo que la que surgió de la carpeta parecía tener algunas arrugas y arañazos. Se acercó a mirarlas con detalle Teresa y no pudo advertir diferencia alguna entre ellas. Aquellos dos cuadros eran iguales, completamente iguales en tamaño, formas y colores. Sin embargo, Lepine, con un gesto de inmenso entusiasmo, tomada ya su voluntad por el alcohol, señaló con un dedo la obra que tenía en la mano y lo puso luego sobre la otra en el mismo punto del dibujo, advirtiendo a Teresa de una diferencia casi inapreciable. Ella vio así que en los dos cuadros se representaba a un hombre, inclinado ante otro, con una vara en la mano. En la pintura sujeta al caballete, esa vara era más corta que en la otra.

Alternó Lepine su dedo índice sobre los dos lienzos, señalando esa diferencia y, desbordado de satisfacción, dijo:

–Lepine... –con el dedo en el cuadro del caballete.

Llevó el índice al otro cuadro y dijo:

–Velázquez.

Teresa tardó en comprender que Lepine había hecho una copia de *El jardín de Villa Médicis* y que el original, con algunas arrugas, era el que guardaba en la carpeta.

–Lepine, Velázquez. Lepine, Velázquez –repitió el pintor señalando alternativamente a cada pintura.

Teresa se asombraba sin saber qué decir y, ante la actitud orgullosa y satisfecha de Lepine, que estaba completamente ebrio y con la lengua empastada por el alcohol, decidió juntar sus manos en aplauso. El pintor puso de nuevo el cuadro en el interior de la carpeta, guardó así el original en un rincón y mantuvo descubierta la copia sobre el caballete.

En la calle, dos hombres jóvenes y altos, de pelo rubio, tocaban sus sombreros negros mientras hablaban en una esquina, de pie, muy cerca de la galería Müller. Doblaba uno de ellos un periódico y lo sujetaba debajo del brazo para subir la solapa de su gabardina. Pasó a su lado Carlos y unos pasos más allá entró en la galería.

Müller estaba hojeando unos papeles, levantó la mirada y se dirigió hacia él.

–¿Señor Müller? Soy Carlos Sánchez –dijo sin otro saludo.

Müller entornó los ojos y compuso un gesto de complicidad.

–Señor Sánchez, ya sé. Un hombre le espera dentro. Por favor, sígame.

Entraron ambos por un pasillo oscuro que conducía a una estancia pequeña, sin ventanas, dispuesta como oficina. A la luz de una lámpara de madera tallada se encontraba sentado un hombre que se puso de pie en cuanto les vio aparecer.

–¿Señor Sánchez?

Carlos asintió con la cabeza.

–Mi nombre es Max Vogel –dijo, tendiéndole la mano. Estoy muy interesado en ver ese cuadro cuanto antes pero, lamentablemente, hay otro experto que en este momento viaja desde Basilea.

–¿No está aquí?

–Su tren llegará a la estación de Berna dentro de cuarenta minutos. Espero que usted disculpe este pequeño retraso. Ni él ni yo hemos tenido mucho tiempo para preparar un viaje del que yo tuve noticia ayer mismo. Quisiera que esta demora no le molestara mucho.

–No, naturalmente –dijo Carlos.

–Si usted quiere, podemos pasear hasta la estación y recibir allí a mi colega. Así entretendremos un poco la espera.

Carlos miró a Müller y dudó si debía o no aceptar la propuesta.

–Está bien –contestó.

Salieron de allí ambos y pasaron de nuevo al lado de dos hombres jóvenes y altos de pelo rubio, que tocaban sus sombreros negros, parados en una esquina. Vogel, conversador y amable, comenzó a hablar sobre las particularidades del cuadro y dio detalles de su estilo.

–Se trata de una obra realmente magnífica –decía. Es una variación impresionista pintada en pleno siglo XVII. Una anticipación que sólo un genio como Velázquez podía hacer. Los dos personajes que aparecen en primer término están casi abocetados –continuaba Vogel mientras caminaban ambos–. Y hay detrás de ellos otra figura que es apenas una silueta... Tengo prisa por ver el lienzo –añadió.

Mientras Vogel hablaba del cuadro en estos términos, dos hombres jóvenes y altos, con pelo rubio, tocaban sus sombreros negros cerca de la casa de Lepine, a donde habían ido casi en carrera después de que Carlos y Vogel salieran de la galería. Subieron la escalera hasta el último piso, empuñaron cada uno una pistola y llamaron a la puerta. Abrió Lepine con una botella en la mano, llevando los dedos a los labios para limpiarse los restos del último trago. Los dos hombres le empujaron hacia adentro, le sujetaron con fuerza y le golpearon con un arma. Apuntaron a Teresa y le obligaron a sentarse. Con un puñetazo en el estómago, la boca de una pistola sobre la sien y la botella astillada sobre el suelo,

Lepine intentó golpear a uno de ellos, que esquivó el movimiento, le sujetó la mano y le pegó en la barbilla con el puño cerrado. Manaba sangre de la boca del artista y se arrinconaba Teresa al lado de la pared, con las manos puestas en la cara, ganada por el miedo y el asombro, tomada por la sorpresa, sujeta por el temor, asustada y muda, como Lepine que, desde el suelo, miraba a los dos hombres con la seguridad de que iban a matarlo.

Vogel y Carlos llegaban entonces a la estación y oyeron el anuncio de un tren procedente de Zurich. Habían hablado poco durante el camino, a pesar de que el experto intentaba hilar una conversación con Carlos a través del cuadro de Velázquez y refiriéndose a la situación de la guerra en España. Pero Carlos prefería contestar con pocas palabras y mantenerse en silencio, sin responder a las amables maneras de Vogel. Bajaron la escalera que conducía a los andenes y vieron entrar en la estación los vagones de un tren casi empujado por la inercia, deteniéndose poco a poco. Se pobló la plataforma de viajeros y maletas, bultos y mozos de cuerda y entre aquel grupo de gente desapareció Vogel. Carlos adentraba la mirada entre los hombres y mujeres que bajaban del tren, se separó a un lado para ganar mayor visión, exploró los perfiles de todos y vio que Vogel no estaba. Se anunciaba entonces la llegada del tren de Basilea al andén tres y se dirigió hasta allí.

En la casa de Lepine, los dos hombres armados habían obligado al pintor a retirar las sujeciones del cuadro al caballete. Después de hacer esto, el artista intentó pegarle a uno de ellos y en ese intento le sujetaron entre ambos y le dieron un puñetazo que le hizo rodar por el suelo hasta que su cabeza se golpeó en la madera de un aparador. Lepine abrió uno de los cajones, sacó la pistola que guardaba y con mucha rapidez pasó un dedo por el gatillo, disparó a uno de los hombres y éste cayó al suelo, perforado por la bala y muerto. Encañonó el otro hombre al pintor y le atravesó el cuerpo con un disparo que a Teresa le hizo caerse sobre unos lienzos arrinconados. Allí se dobló Lepine sobre sí mismo, ensangrentado, herido en mitad del pecho. Iba a dispararle de nuevo el hombre cuando el pintor extendió el brazo en su caída, lo mantuvo en el aire y apretó el gatillo antes de quedarse quieto en el suelo, con la boca abierta y un gesto de espanto, ya sin vida. Centró Lepine la bala de tal modo sobre el cuerpo del hombre armado que le alcanzó el cuello, cayó sobre una silla, se le doblaron las rodillas, disparó una vez más con el arma apuntando al techo y perdió la vida antes de golpearse la cabeza con el suelo. Teresa, envuelta en el olor y el ruido de los disparos vio tres muertos en el suelo y se quedó paralizada, quieta, sin comprender del todo lo que había pasado.

Ni en el andén del tren de Basilea, que ya se había vaciado de viajeros, ni en la estación entera, pudo Carlos ver a Vogel. Decidió salir de allí, llegó a la calle y fue entonces cuando comprendió que le habían engañado.

VEINTIUNO

—

Después de considerar que Vogel sólo había querido distraerle, Carlos llegó casi en carrera hasta la casa de Lepine, subió de dos en dos los peldaños de la escalera y encontró en el último piso la puerta abierta y una extraña quietud en el interior. Pasó adentro y contempló el resultado del tiroteo. En la habitación donde una hora antes había estado él mismo con Teresa y con Lepine, vio entonces los tres cadáveres cubiertos de sangre reciente, tendidos sobre el suelo, rígidos, con el gesto de la muerte en sus caras, en mitad de un inmenso silencio.

Fijó su mirada en el cuerpo del pintor, como un bulto caído violentamente sobre el suelo, de espaldas, con la boca hundida por el golpe, tumbado sobre una alfombra manchada de rojo. Tenía las piernas separadas en una postura forzada y un brazo extendido que sujetaba todavía una pistola. Carlos contempló los cadáveres asombrado y salió de la habitación para recorrer la casa con la intención de encontrar a Teresa todavía, mientras intentaba ordenar como podía algunas ideas que le explicaran lo ocurrido. Cuando comprobó que ella no estaba allí, volvió a la sala donde se encontraban los muertos y pensó que Salinger había enviado pistoleros en lugar de expertos. Enfrente de él, sin vida, vuelto el semblante hacia el techo, un hombre armado, con un sombrero negro todavía en la cabeza, componía un espantoso gesto con los labios torcidos y los ojos muy abiertos, sin expresión, extraviados. A su lado, otro hombre joven, doblado por la cintura, con las rodillas torcidas, apoyaba su costado en el suelo sobre un charco de sangre que tintaba en rojo una mueca de dolor rígida y terrible. Carlos se estremeció en medio de los cuerpos y, al no verla allí, pensó que Teresa había huido, pero le preocupó la posibilidad de que pudiera estar herida.

Como un lienzo ajeno a aquel paisaje, vio sobre el caballete, descubierto y desencajado de sus sujeciones, *El jardín de Villa Médicis*, temblando en mitad de los muertos, quieto y solo, como una obra de arte muda y absurda en una habitación violentamente poblada de muerte y de sangre. Sintió repentinamente una profunda aversión por aquella pintura que parecía lo único indemne en esa casa y una sensación parecida al asco le ganó el pensamiento mientras miraba al cuadro como a la causa de todos los males.

Comprendió definitivamente que Vogel sólo había querido alejarle de la casa de Lepine el tiempo suficiente para que dos hombres intentaran robar el óleo y que el pintor había usado su pistola para evitarlo. Miró el cuerpo sin vida de Lepine y recordó las veces que éste le había advertido que tuviera cuidado y que no confiara en Salinger. Apretó los puños y cerró los ojos pensando en Teresa. Le vino entonces la urgencia de salir de allí, la necesidad de abandonar aquella casa cuanto antes. Se movió inquieto en la habitación, miró el teléfono y se acercó hasta él. Descolgó el auricular, dudó, colgó de nuevo, retrocedió sobre sus pasos, rectificó y volvió a cogerlo. Llamó a la policía y dio la dirección en donde podrían encontrar los cuerpos de tres hombres asesinados.

Dejó el cuadro donde estaba y salió de la casa, bajó la escalera muy de prisa y llegó a la calle. Mientras se alejaba de allí, volviendo la cabeza para comprobar que nadie le veía, se dio cuenta de que los pistoleros de Salinger le habían ayudado a resolver la duda sobre si debía o no realizar finalmente el intercambio. Lo único que le importaba ahora era salir de Berna cuanto antes, abandonar aquella ciudad, renunciar a completar la misión que le había llevado allí. Los republicanos, iba pensando, no harían ya el negocio que él debía impedir y Salinger no podía pretender ahora un acuerdo de ninguna clase.

Cuando llegó a la habitación del hotel National, encontró a Teresa pálida, nerviosa, sentada en el suelo, agarrada a un temor infinito, con la cabeza apoyada en las rodillas, metida en la sombra de un rincón. No vio allí Carlos más que el paisaje roto de unos muebles deshechos y astillados, la ruina de una habitación violentamente destrozada, con la cama vuelta del revés, el colchón hecho jirones, los cajones del armario convertidos en tablas inservibles, la ropa tirada por el suelo, la lámpara arrancada del techo, las cortinas rasgadas con fuerza. Todo era allí la imagen de la destrucción y del estrago, como si la habitación hubiera sido devastada para acabar siendo una escombrera de ropa y muebles, arrasada y deshecha por la fuerza. Cuando vio a Teresa refugiada en un rincón, lívida, inerme, quieta y muda, entre los restos de tela arrancada de la cama, Carlos supo que los pistoleros que habían matado a Lepine también habían visitado la habitación del hotel.

—Estaba así cuando he llegado –le dijo Teresa, sin moverse de donde estaba, con voz débil.

Carlos se acercó a ella y la abrazó durante un largo tiempo, mientras Teresa le decía que habían matado a Lepine.

—Ya lo sé –se limitaba Carlos a repetir una y otra vez, sin separarse de ella, apretándola contra sí, como si aquel abrazo pudiera consolarla.

—Ha sido terrible, Carlos. Ha sido terrible. Me quedé sola en medio de tres muertos, salí corriendo, vine aquí y vi esta habitación así.

Carlos seguía abrazándola, sujetando la cabeza de Teresa contra su pecho.

—Todo ocurrió en menos de un minuto. Lepine sacó una pistola sin que me diera cuenta y oí un disparo al lado de mi cabeza. Dispararon los tres –recordaba Teresa entre sollozos– y allí cayeron todos en menos de un minuto. En menos de un minuto, Carlos. En menos de un minuto –se agarraba a esa frase Teresa, nerviosa y sin saber continuar.

Después de un breve silencio, Carlos dijo:

—Vinieron aquí a buscar el cuadro y fueron luego a casa de Lepine. Lo siento, Alicia. Lo siento tanto...

—Creí que te habían matado a ti también, Carlos, que nunca volvería a verte.

Siguieron abrazados, intentando recomponer la serenidad en medio de mil dudas, de lamentos y de asombros, sin saber qué hacer ni qué decirse.

—Nunca pensé que pudiera pasar esto –se lamentaba Carlos–. Lepine me lo dijo y no le creí. Me advirtió muchas veces de que no confiara en Salinger.

Cerró los ojos con fuerza y, después de un tiempo, añadió:

–Todavía pueden matarnos, Alicia. Este es el final. Tenemos que irnos de aquí, de la ciudad, de todo esto.

Siguieron hablando abrazados, enredados en el miedo, cubiertos de espanto. Se miraron uno al otro, como interrogándose sobre todos los misterios del mundo sin hacerse preguntas, haciendo espeso a veces un silencio que sobrevenía solo, haciendo vibrar el aire entre los dos, llenándolo todo de ansiedad. Cegó Carlos sus ojos junto a la cabeza de ella, apretó Teresa sus manos en la espalda de él, inventaron más abrazos y surgieron de los dedos caricias nuevas.

–¿Qué vamos a hacer?

Carlos esperó un momento antes de responder.

–Irnos. Irnos de aquí ahora mismo. Tenemos que desaparecer.

Calló Carlos, que había dicho esto con la voz quebrada y se mostró nervioso y muy inquieto.

–Irnos, Alicia –repitió–. Todo ha salido mal. Ahora estamos en peligro. No me imaginé que íbamos a fracasar tanto –añadió–. Lo siento, Alicia, lo siento. Perdóname.

Teresa retiró su cabeza para mirar fijamente a los ojos de Carlos y con un gesto sereno, le dijo:

–¿Perdonarte, Carlos? ¿Qué tengo que perdonarte? ¿El fracaso de este plan o tus mentiras?

Él se quedó en silencio, explorando el sentido de la pregunta de Teresa.

–Tus mentiras, Carlos, esas mentiras que has mantenido para no perderme ya las perdoné hace mucho tiempo.

Mojó Teresa su mirada con un llanto suave y continuó hablando entre sollozos:

–Estoy amando a mi enemigo, como tú, Carlos. Te quiero a ti como tú estás queriendo a una enfermera roja...

–Alicia... –fue todo lo que pudo decir Carlos, completamente sorprendido.

–Yo no he querido nunca a nadie como a ti. No he querido a nadie más que a ti. Te perdoné –se deshacía Teresa en lágrimas– hace mucho, en casa de Anatole, cuando me di cuenta de todo.

Carlos se estremeció y dejó de abrazarla.

–¿Qué estás diciendo, Alicia? –le preguntó casi sin voz.

–Lo que no te atreves a decir tú. He esperado mucho tiempo tus palabras, que me dijeras la verdad, que confiaras en mí, que dejaras las mentiras para amarnos con claridad y sin engaños. Y tú has tenido miedo, un miedo hermoso y dulce a perderme, miedo a que yo me fuera si sabía la verdad.

Calló un momento Teresa, miró hacia otro lado y continuó:

–En esta habitación destrozada, sobre esta ruina, hoy, después de ver morir a tres hombres, ya no puedo seguir esperando ni un minuto más.

Repentinamente, Teresa ganó fuerza en el tono, armó su voz con firmeza y sujetó los brazos de Carlos, fijando su atención.

–Anatole me hablaba mucho, Carlos. Mientras te curabas la herida me hablaba de ti, mientras dormías sobre tu cama me contaba cómo estaba ayudándote y para qué eran los pasaportes. Anatole me dijo quién eras. Trató siempre de ser amable conmigo, como si fuera tu novia, tu amante, tu compañera, como si yo lo supiera todo. El francés no es tan difícil cuando me hablan del hombre al que quiero y cuando me dicen quién es en realidad.

Carlos giró la cabeza para evitar la mirada de Teresa.

–Cuando salí de la casa de Anatole ya sabía que me iba con un soldado fascista, Carlos. Y me fui. En aquella casa terminé la guerra yo. En aquella casa empecé a amar a un enemigo.

Y se le quebró otra vez la voz, que fue a convertirse en un sollozo ahogado, en un suspiro contenido mientras dos lágrimas le mojaban las mejillas. Carlos estaba oyendo cómo Teresa le contaba la verdad, la verdad que había sabido siempre. Con los ojos llenos de lágrimas, Teresa empapaba la camisa de Carlos con un llanto incontenible y, entre sollozos, abrazándole con fuerza, dijo muy dulcemente, muy despacio, acariciando su cara:

–Mi soldado rojo y azul, mi soldado de todos los colores... ¿Qué has hecho conmigo que ya no me importan los colores?

Carlos siguió callado y estuvieron así, abrazados, durante mucho tiempo, sin verse las caras, apretándose el uno al otro, tocándose las manos, huyendo las miradas, llorando los dos, juntando lágrimas, mojando las ropas, estremecidos, callados, venciendo la vergüenza de haber roto un engaño, queriéndose entre dos llantos.

–¿Recuerdas cuando te dije que tú y yo éramos la guerra? Hoy, en esta habitación destrozada, en la ruina de esta habitación, en este paisaje de batalla, tú y yo vamos a firmar la paz.

–¿Por qué seguiste conmigo cuando lo supiste todo? –le preguntó Carlos con un hilo de voz, después de un largo silencio.

–Yo no sé contestar esa pregunta. A todas las preguntas sobre eso yo sólo sé responder con este abrazo y con un beso.

–Alicia...

–Aquí se acaba la guerra. Los colores, Carlos, todos los colores del mundo se han desvanecido, los colores del cuadro de Velázquez y los colores de la guerra.

Tuvieron ambos la sensación de que todo cuanto había pasado desde que se encontraron, la sorpresa de haber aparecido dentro de un camión, el paso de la frontera entre cimas de nieve, la bala del costado, la casa de Anatole, el entierro de Machado, los disparos de Lepine, el cuadro de Velázquez, eran asuntos ajenos a ellos mismos, como si todo hubiera ocurrido en un sueño ya lejano, como si fueran sólo fragmentos de recuerdos inventados. Contemplaron abrazados la maldición de los campos de batalla, el estallido de las bombas, los odios desatados, el sufrimiento inmenso, el enigma absurdo de las fronteras y el color de todas las banderas.

La habitación no era la de siempre, el lugar de todos los días, sino un panorama de devastación y miedo, confundidas y anudadas las telas de la cama, abiertas las puertas del armario, el colchón rasgado, el sillón abierto en dos a cuchillo, los cajones sobre el suelo, la ropa amontonada en los rincones. Ellos se abrazaban apoyados en una pared, sentados sobre la alfombra levantada, ajenos ya a otra cosa que no fuera mirarse.

–Aquí se acaba, Carlos, la España mortalmente sin hermanos que conocí y que hice contigo de la mano.

Los rayos de sol ya no entraban por la ventana y los silencios de ambos eran cada vez más largos, como si no necesitaran ya palabras o como si lo hubieran dicho todo. Poco antes del mediodía, Carlos y Teresa eran la figura de dos cuerpos abrazados en el paisaje de ruina de una habitación deshecha, la cama sobre el suelo, los cajones astillados, el colchón rasgado.

Ella se dirigió entonces hacia la maleta de Machado, la tomó entre su manos y se la entregó a Carlos.

–Hay una cosa más –dijo–. Y este secreto no ha de durar tanto.

Carlos extendió sus brazos para cogerla y la abrió. Sacó de su interior un lienzo enrollado.

–¿Qué es esto?

Teresa suspiró profundamente.

–Nuestro cuadro, Carlos, nuestro cuadro. El auténtico cuadro de Velázquez. Lepine había hecho una copia exacta.

VEINTIDÓS

Salomon Salinger colgó el teléfono y relajó los músculos de su cara. Había hecho tan sólo tres llamadas entre la una y las dos de la tarde. Y bastaron para que los asesinatos de la casa de Lepine pasaran de la investigación policial al ámbito secreto de las consideraciones políticas. Salomon Salinger cortaba así los hilos que le unían a los crímenes y se mantenía protegido de las indagaciones. No era la primera vez que salía indemne de un mal negocio, que borraba su participación con la ayuda de amigos situados en los ámbitos de poder. Disponía de algunas claves sobre las biografías ocultas de algunas personas importantes y había hecho varios favores inconfesables a hombres de posición muy respetable.

Por eso, el Director General de Seguridad, el máximo responsable de la Policía, Robert Holzmann, un funcionario con futuro político, recibió a las tres de la tarde algunos avisos superiores sobre el modo en que debía tratar el asunto. Al despacho de Holzmann llegaron instrucciones muy concretas, órdenes jerárquicas muy claras y una sugerencia que era casi un mandato de cumplimiento obligado sobre cómo debía actuar. Supo que algunos miembros del Parlamento se habían interesado en la investigación y el propio secretario general de Justicia le había telefoneado para tratar del tema. Repentinamente, entre las tres y las cuatro de la tarde, Holzmann descubrió que tenía entre las manos un asunto que interesaba mucho a algunos políticos y, especialmente, a sus propios superiores. No se hizo muchas preguntas porque sabía que su carrera de ascenso al Parlamento o sus posibilidades de llegar a formar parte del gobierno federal dependían del modo en que cumpliera tales instrucciones. Ordenó, por tanto, con el propósito de difuminar la atención sobre el caso, algunas actuaciones administrativas sin finalidad concreta, destinó a algunos hombres a realizar averiguaciones sin importancia, paralizó las diligencias policiales sustituyendo por otro al inspector que dirigía el asunto, asumió el control personal del caso y puso toda la investigación bajo su directa dependencia. A las cuatro y media de la tarde, estuvo seguro de que cualquier labor policial referida a los tres asesinatos pasaba por sus manos. Unos minutos después, de acuerdo con las conversaciones que había mantenido con sus superiores, solicitó hablar telefónicamente con el secretario general de la Sociedad de Naciones, Joseph Avenol.

En el transcurso de la conversación, el diplomático se esforzó por aparentar firmeza y seguridad, aunque las noticias que escuchaba le quebraban el ánimo. Holzmann le explicó que se había hallado una pintura de Velázquez perteneciente al museo del Prado en una casa de Berna en la que había habido tres muertos por bala. El suceso era lo suficientemente grave, le dijo al diplomático, como para guardar tanta prudencia como silencio. Apeló después a las llamadas telefónicas que había recibido y le señaló que, de acuerdo con las órdenes que recibía de sus superiores y de algún ámbito difuso de la política suiza, el propio Avenol podía estar interesado en que todo se mantuviera en el más estricto secreto. El secretario general de la Sociedad de Naciones agradeció esa actitud y comenzó a sentir que, tal como él imaginó desde siempre, mantener la custodia del museo del Prado era una fuente de graves problemas que sólo se acabarían con la inmediata devolución de los cuadros al gobierno español.

El inventario de las pinturas que se estaba llevando a cabo en el museo de Arte e Historia de Ginebra iba a concluir esa misma noche y había registrado ya la ausencia de *El Jardín de Villa Médicis*. La noticia de que tal cuadro no aparecía la recibió Avenol un día antes, cuando los técnicos terminaron de catalogar las pinturas de Velázquez. El secretario general de la Sociedad de Naciones ordenó que se mantuviera abierta y sin firmar el acta de inspección de ese día hasta que terminara completamente el inventario, al día siguiente, por si entre las cajas y bultos que aún quedaban por abrir, pudiera encontrarse, fuera de su sitio, el cuadro.

–Señor Holzmann –dijo Avenol por teléfono–, ayer mismo se echó de menos esa pintura. El inventario va a acabar dentro de unas horas. Necesito el cuadro en Ginebra inmediatamente para reponerlo en su lugar.

–Sí, señor Avenol –contestaba Holzmann–. El cuadro viaja ya hacia allí en un coche oficial.

–Si algo de lo ocurrido llegara a saberse –le advertía Avenol–, no podríamos evitar un incidente internacional muy difícil de resolver.

–Por ese motivo le he llamado. Lo mejor será que usted se haga cargo de esto, en secreto.

Holzmann hizo una pausa y enfatizó después:

–En el mayor secreto. Y pronto. En cuanto llegue a su poder el lienzo.

–Por supuesto. El cuadro debe estar aquí esta misma tarde, antes de que concluya el inventario.

–Yo me comprometo, señor Avenol, a no dar trascendencia al asunto y a mantener a la prensa al margen.

–No tengo que insistirle en que si llega a saberse que un cuadro del museo del Prado ha burlado la seguridad, habrá un incidente con los dos gobiernos españoles... Y el mundo entero pensará que las pinturas no tienen todas las garantías de seguridad.

Avenol movió la cabeza con un gesto de disgusto.

–¿Cómo ha podido pasar? –continuó–. Eso puede acabar con toda la operación de salvamento. La Sociedad de Naciones y toda la policía suiza no podrían soportar las críticas. Sería como si el museo estuviera deshaciéndose en trozos en manos de ladrones. ¿Sabe lo que eso significa?

–Sí, sí, señor Avenol. Por mi parte, silenciaré completamente el hallazgo de la pintura.

–¿Cómo ha podido pasar? –preguntaba el diplomático con tono de lamento.

–Comprenda que esto no sólo le afecta a usted, sino también a mí, que soy igualmente responsable de la custodia de los cuadros. Un Velázquez sin control haría sospechar a todo el mundo que puede haber más cuadros desaparecidos.

–Señor Holzmann –insistía Avenol– créame que, en la actual situación internacional, ese cuadro puede convertirse en un incidente internacional de primer orden. Estamos guardando un tesoro que no nos pertenece. Y lo estamos haciendo...

Avenol se quedó callado, sin saber si debía continuar insistiendo en la importancia del silencio.

–Estamos guardando un tesoro –continuó– contra la voluntad de un gobierno que es, además, quien va a ganar la guerra. Agradezco mucho lo que está haciendo.

–No tiene que insistir en eso, señor Avenol. Yo lo comprendo.

–Sí. Ésta es, al fin y al cabo, una historia de ladrones –dijo el diplomático, ensayando por primera vez una sonrisa.

–Es mucho más, señor Avenol. Es una historia de ladrones con tres muertos. En condiciones normales yo no estaría haciendo esto... Pero comprendo que el caso es muy especial.

Cuando terminó la conversación, el cuadro entraba en Ginebra en un vehículo oficial, envuelto en una tela negra, sujeta con cinta adhesiva. A las cinco y media de la tarde, el lienzo fue situado en la primera planta del edificio de la Biblioteca de la Sociedad de Naciones, en el mismo lugar en donde habían estado las demás pinturas. Dos de los técnicos que había designado Avenol para realizar el inventario, hombres de su confianza, trasladaron el cuadro al museo de Arte e Historia de Ginebra, donde se encontraba el resto de los cuadros, y lo arrinconaron al lado de las pocas pinturas que todavía no habían sido sacadas de sus cajas. A las siete de la tarde, Avenol confirmaba que el cuadro se había unido secretamente, como si siempre hubiera estado allí, al conjunto de las obras de arte que todavía no habían sido inventariadas. A las diez y media de la noche, el diplomático recibía el acta final del inventario ya concluido. En el mismo figuraban dos cuadros de Velázquez titulados

El Jardín de Villa Médicis. Contempló con alivio ese detalle y supo que sólo por dos horas, el catálogo de las obras del Prado se había completado sin ausencias.

Esa misma noche, Avenol regresó a su despacho después de la cena y allí permaneció solo y en silencio, meditando. Había conseguido que la presencia rodeada de muerte de un Velázquez en la casa de un pintor fracasado no trascendiera y que la pintura figurara entre las demás como si nada hubiera sucedido. El alivio que ello le producía, sin embargo, no fue bastante para impedir que Avenol volviera a sentir la urgente necesidad de deshacerse completamente del museo. Desde el mismo día en que recibió a Jaujard y trató de liberarse de sus compromisos, el diplomático había dedicado mucho tiempo a imaginar una forma que le permitiera entregar los cuadros, devolverlos cuanto antes, ponerlos bajo una responsabilidad ajena, dejar de ser el depositario de los mismos.

El pacto de Figueras, el acuerdo al que habían llegado el gobierno republicano y el comité internacional a la luz de los focos de un Opel, le obligaba a mantener en su poder los cuadros mientras la paz no volviera a España. Pero esa noche concibió el político la idea de trasladar tal responsabilidad a otros y se dispuso a entregar el museo sin importarle a quién. Sentado en su despacho, a la sola luz de una lámpara de mesa, Avenol se encontraba, sin embargo, con la realidad evidente de que la guerra española no había terminado. Descansó su cabeza sobre el respaldo del sillón, cerró los ojos y pensó entonces que aunque la guerra siguiera viva y continuaran los combates en el frente y en las trincheras, lo cierto era que las posiciones militares de la República podían hacer pensar que en España no había ya un conflicto armado entre dos ejércitos. Se daba cuenta de que esta interpretación de la realidad no era más que una ficción política, pero empezó a interesarse en ella cuando comprendió que, en esos momentos, era el único camino para intentar cuanto antes la devolución del museo del Prado, para deshacerse de la custodia de los cuadros, para evitarse el problema de mantener el depósito de las obras de arte.

Sin embargo, Avenol reconocía que esos argumentos eran muy débiles para convencer a la opinión internacional. En España la guerra continuaba por mucho que él deseara su fin y pensó que aún debía seguir esperando, al menos hasta que se diera una victoria militar relevante, hasta la toma de Madrid tal vez, o hasta que las circunstancias permitieran lanzar al mundo la noticia de que la paz se había restablecido. En ese momento, en ese preciso momento, sin otra espera, devolvería los cuadros al gobierno de Burgos y sacaría de su vida el problema de las obras de arte. Abrió los ojos, contempló la quietud de su despacho y lamentó profundamente que Franco no hubiera ganado la guerra todavía.

Sobre la mesa de Avenol reposaban los informes diarios que los técnicos habían ido firmando durante el tiempo que estuvo abierto el inventario. Separada de los demás papeles, un acta sellada esa misma noche, a las diez en punto y firmada por todos los expertos, señalaba oficialmente que el museo del Prado estaba completo. Desde la puerta de su despacho Avenol miró hacia la mesa y casi no pudo creer que sólo por dos horas se hubiera conseguido restituir a su sitio un cuadro robado.

En la madrugada de Burgos, había una luz encendida en el despacho del general Jordana.

–Le he hecho venir, Arias, porque D'Ors acaba de llamarme desde Ginebra para decirme que ha recibido una copia del acta final del inventario. ¡No falta ningún cuadro, Arias! Ni siquiera el que usted supone que llevamos a Suiza. Ningún agente nuestro tuvo nunca ese Velázquez.

–Pero eso es imposible, mi general.

–D'Ors no sabe nada sobre nuestro plan con ese cuadro. Así que se encuentra satisfecho y yo he fingido estarlo también. En realidad no sé qué pensar, Arias. En este asunto nada ha salido como pensábamos. ¿Está usted seguro de que nuestro agente hizo lo que debía hacer?

–Perdí su pista en Francia. Pero estoy en condiciones de asegurarle que llevaba el cuadro consigo cuando pasó la frontera.

–¿Y por qué está completo el inventario?

Arias se quedó en silencio, sin saber qué contestar. El gesto de Jordana era muy duro, con el cuerpo en tensión, la cara en mueca de disgusto, los ojos muy abiertos. Dio un puñetazo sobre la mesa y se levantó de la silla para mirar por la ventana.

–Coronel, ahí afuera duermen los españoles mientras nosotros tratamos por todos los medios de ganar una guerra. Nunca me gustó su plan, pero lo admití porque los rojos intentaban conseguir armas. ¡Maldita sea, Arias! ¿No puede usted hacer algo que no sea estar callado?

–Mi general, todo lo que sé es que cuando nuestro

agente llegó a Francia para recibir apoyo de un colaborador que debía hacerle un pasaporte, viajaba con una mujer.

–¿Con una mujer? ¿Qué pretende decirme, Arias, que un soldado con una misión secreta se ha enamorado en el camino y ha devuelto el cuadro?

Arias no dijo nada.

–Todo esto ha sido la historia que nunca ocurrió, coronel. Ni los rojos iban a hacer ese negocio con Salinger ni nuestro agente tiene el cuadro. Arias, váyase del despacho ahora mismo sin despedidas. Tengo mucho en qué pensar. No se puede pedir a un jefe de inteligencia militar que aproveche todas las oportunidades. Pero usted estaba obligado, al menos, a prever los riesgos.

Una curva estrecha en un camino del Ampurdán, muy cerca de la frontera francesa.
Jueves 1 de junio de 1939. Cuatro de la tarde.

Rodeaban la falda de una montaña desde donde se veía en el horizonte el perfil derruido de los tejados de un pueblo. Carlos y Teresa habían cruzado a pie la frontera con las primeras luces del amanecer y cansados, muy cansados, regresaban a la España violenta de la paz, a un paisaje en ruinas y humeante, a una tierra herida todavía por la huella de la guerra. Se detuvieron en medio del camino, contemplando por encima de un valle su propio país. Dejaron muy deliberadamente a su espalda el punto cardinal que les llevaba a Figueras y trataron en vano de no hablar de los recuerdos. La arena que pisaban levantaba hasta sus cabezas un polvo de sequía y el sol alargaba sus sombras entre los bordes del camino. Llevaba Teresa en la mano la maleta de Machado y en los labios una canción triste sin palabras que garganteaba nerviosa por no dejar que el silencio la envolviera en el espanto del regreso a una tierra tan hostil, cubierta de victoria, quemada por los combates, retumbante aún de fusiles quietos que seguían apuntando odios en mitad de una paz más dura que la guerra.

A la luz suave de un atardecer temprano todavía, Carlos miraba el suelo brillante y desgastado de batallas, herido por trincheras, áspero y seco de una España ganada por el miedo y atada a su memoria. Le llegaba al rostro un aire suave que venía de un lugar remoto y sonaba a su lado el viento como si trajera las voces en grito de los vencidos, los encarcelados, los prisioneros y los niños espantados. Entre las montañas indemnes, pisaba Carlos la arena del camino con la esperanza deshecha en mil pedazos, con el temor de encontrarse a España sangrando a la sombra crecida de una paz alzada sobre horcas y cadalsos, siempre víspera y fecha de mil muertes. Al lado de ella, miraba el perfil de Teresa como la única forma posible del amor y sentía asco y decepción por haber hecho la guerra, por haber partido en dos el mundo.

–Sobre esta tierra, Alicia, estuvimos tú y yo haciéndonos la guerra –dijo Carlos entonces.

–Y sobre esta tierra volvemos de la mano.

Aquel 1 de junio, a esa misma hora, muy lejos de allí, se inauguraba en Ginebra una exposición que exhibía las obras de arte del museo del Prado. Avenol había entregado los cuadros dos meses antes, el 30 de marzo, sin poder esperar un solo día más, al gobierno de Franco. En un acto formal cargado de protocolo diplomático, el embajador de España en Berna, Pablo de Churruca, marqués de Aycicena, recibió con mucha ceremonia el tesoro artístico de las mismas manos del político Avenol. Ni Pérez Rubio ni los miembros del comité internacional que habían salvado las pinturas fueron invitados al acto de entrega ni se aludió a ellos en los discursos. Aquel día, la prensa española señaló que la devolución de los cuadros era el fruto del esfuerzo del gobierno de Burgos, que había conseguido rescatar el museo robado por los rojos y evacuado contra el deseo de los españoles.

Desde su despacho en el museo del Louvre, Jacques Jaujard sonrió incrédulo aquel 30 de marzo, con un gesto de escepticismo, cuando supo que el tesoro artístico estaba siendo entregado sin agradecimientos, sin recuerdos, sin una palabra que hablara de la labor llevada a cabo por un grupo de directores de museos europeos y americanos. Recordó por un momento las bombas que cayeron a su lado en el castillo de Figueras durante la firma del acuerdo de evacuación, recordó las conversaciones con Avenol, los esfuerzos que habían hecho tantos soldados anónimos conduciendo los camiones hacia la frontera, bajo la amenaza de los aviones enemigos. Volvió a sonreír con el gesto torcido, moviendo la cabeza con decepción, cuando comprobó que el museo era devuelto a los mismos que habían bombardeado las carreteras durante el transporte de las obras de arte, a los mismos que quisieron mantenerlas dentro del campo de batalla, arriesgándolas a la destrucción, al gobierno que, al principio de la guerra, mucho antes del primer traslado a Valencia, había lanzado artillería pesada sobre el edificio del museo del Prado, reventando techos, salpicando de yeso las pinturas, destruyendo las paredes en donde todavía estaban colgados los cuadros. Jaujard recordó desde su despacho en el museo del Louvre la labor ingrata de Pérez Rubio, que había llegado a ser su amigo y que en Ginebra, sin dinero ya, olvidado por todos, tuvo que acogerse al favor del embajador de México, que lo mantuvo en su casa como a un indigente, dándole la comida que no podía pagar, la cama que no tenía, la conversación que todos le negaban.

Salió al balcón de su despacho Jaujard, empapado de pesimismo y decepción, contempló los tejados de un París lluvioso que entonces le pareció triste, inmensamente triste y tuvo miedo de que aquellas casas y aquellas calles que veía se llenaran de muertos en otra guerra que parecía inevitable. Y pensó que si eso ocurría, si en Europa estallaba un conflicto general, habría que salvar el Louvre, protegerlo de las llamas, guardar otra vez el arte de la metralla, de las bombas, de la locura, del mal viento de odio y muerte, poner las pinturas lejos de los hombres.

Miró al cielo, volvió de nuevo la vista al periódico que llevaba en la mano y a la noticia sobre el acto de entrega del Prado, imaginó los discursos de la ceremonia de devolución e hizo lo posible para no pensar otra vez en las condiciones en las que se hizo el salvamento ni en las personas que arriesgaron su vida por sacar los cuadros del centro de la guerra. Reconoció, finalmente, que Franco había ganado en todos los terrenos, en el militar y en el político, en España y fuera de ella.

El 1 de junio, a la misma hora en la que Carlos y Teresa caminaban sobre las piedras de una senda remota que les llevaba a un pueblo derruido, se inauguraba en Ginebra la exposición de las obras de arte del museo del Prado. El presidente del Consejo Federal suizo, Adrien Lachenal, señalaba en el discurso de apertura su reconocimiento al Jefe del Estado español por permitir la permanencia de los cuadros en la ciudad y la realización de la exposición y dejaba constancia pública de la admira-

ción y la amistad de Suiza con su Excelencia el generalí-
simo Franco.

A la inauguración tampoco asistieron los miembros
del comité internacional, cuyos nombres y cuya labor
habían sido ya olvidados, sepultados en el desprecio im-
puesto por el flamante gobierno de una nueva España
surgida de la guerra, borrados de la Historia por la voluntad deliberada de quienes habían logrado la victoria.

Sobre esos anchos campos de victoria militar caminaban Carlos y Teresa esa tarde, muy lejos ya de Ginebra,
desprovistos de odio, adentrándose en la tierra que un
día les separó. Regresaban a España por desmontes y cimas, como habían salido de ella, pero más juntos que
nunca, con la paz firmada en sus conciencias, habiendo
derribado las banderas, los colores de la guerra, las fronteras entre bandos, las distancias entre ambos.

–Sobre esta tierra, Alicia, estuvimos tú y yo haciéndonos la guerra –dijo Carlos entonces.

–Y sobre esta tierra volvemos de la mano.

Se abrazaron bajo el sol poniendo en el camino la figura en sombra de dos bocas que se juntan. Volaron al
aire besos y cayó al suelo la maleta de Machado. A los
pies de Teresa quedó entonces el cuadro de Velázquez,
la pintura que Carlos había separado de las otras una noche de luna llena, mientras ella viajaba escondida en un
camión, vestida de soldado, cuando todavía se llamaba
Teresa, cuando luchaban uno contra el otro, cuando estaban tan equivocados.

Camino, polvo y miedo les quedaba todavía aquella
tarde del regreso.

FINAL
—

Museo del Prado, Madrid.
7 de febrero del año pasado, poco antes de las ocho de la tarde.

La anciana llegó al principio de la tarde y se sentó en el banco estrecho de una sala del museo, frente a un pequeño óleo de Velázquez al que contemplaba fijamente, casi sin moverse. Unas horas después, poco antes de las ocho, una empleada del museo se acercó a decirle que era la hora del cierre. La encontró con los ojos abiertos, el bastón entre las manos, la cabeza ligeramente inclinada hacia un lado y muerta.

La empleada declaró que, sobre las cinco de la tarde, ella había hablado unos minutos con aquella mujer. Recordó que, entre otras cosas, le dijo que había ido al museo del Prado para ver aquel cuadro antes de morirse.

–¿Qué pasó luego? –le preguntó el responsable de seguridad.

–Le pregunté qué encontraba en el cuadro para mirarlo durante tanto tiempo. Me contestó que esta pintura era falsa y que ella tenía el original en su casa.

El responsable de seguridad y la empleada sonrieron.

–¿Le dijo que este cuadro de Velázquez era falso y que ella tenía el auténtico?

–Me pareció tan curioso lo que me decía que seguí la conversación un rato más. Entonces me contó que el verdadero *Jardín de Villa Médicis* les pertenecía a ella y a su marido desde 1939. Pero que él había muerto el año pasado y que ella ya no quería seguir teniendo un cuadro que no podían mirar los dos juntos.

–¿Le dijo cómo se llamaba?

–Sí. Le pregunté su nombre y me contestó: Señorita, ¿cómo voy a llamarme? Alicia, naturalmente.

En esta novela aparecen algunos personajes históricos que intervinieron directamente en la evacuación de las obras del Prado durante el mes de febrero de 1939. Pero en aquella gesta participaron decisivamente muchas personas que contribuyeron al salvamento del tesoro artístico. Uno de ellos fue, sencillamente, el hombre que más energía dedicó a esa épica tarea y quien promovió la iniciativa de la evacuación: José María Sert. Sin embargo, su nombre no aparece en estas páginas. La razón principal es que yo he escrito una novela y no un estudio histórico. En el diseño y estructura de esta obra, Sert, un hombre indispensable en cualquier referencia sobre el salvamento del museo, no ha sido incluido como personaje literario. Como yo no he tratado de ser un historiador, he tenido libertad para incluir y omitir datos, referencias y personajes de acuerdo con el interés exclusivamente literario, respetando por encima de la rigurosa verdad de los hechos la lógica interna propia de la novela. Así, las entrevistas que el comité internacional mantuvo con el gobierno republicano fueron tres y no dos, como se dice en la novela. Además, los depósitos de las obras, mientras éstas estuvieron en Cataluña, fueron también tres y no sólo el castillo de Figueras donde, por otra parte, no se encontraba la mayor parte de ellas. Los Velázquez, en realidad, nunca estuvieron en dicho castillo, sino en

un depósito muy cercano, exactamente en el castillo de Pera-
lada. Las decisiones que aquí se atribuyen al ministro de Estado
Julio Álvarez del Vayo no fueron exclusivamente suyas. Y, desde
luego, nunca se requisaron camiones a punta de fusil. Por otra
parte, David Weill tampoco aparece en la novela, a pesar de ha-
ber sido el presidente del comité internacional para el salva-
mento del tesoro artístico. Cuando se escribe un libro de historia
conviene no dar paso a la ficción. Creo que, igualmente, cuan-
do se escribe una novela, los datos históricos no pueden ser rigu-
rosos a ultranza si se pretende que la novela sea, precisamente,
una obra literaria. No obstante, sobre la evacuación del museo
del Prado, aparte de la tradición oral y de algunos artículos ais-
lados, el autor ha encontrado muy pocas fuentes escritas. La te-
sis doctoral publicada por Arturo Colorado Castellary es, sin
duda, la más amplia investigación disponible.

*   *   *

No quiero dejar de señalar, para gusto del lector interesado,
que la exposición de los cuadros en Ginebra fue autorizada
hasta el día 31 de agosto de 1939. Aunque fueron muchas las
recomendaciones, sugerencias y peticiones para que se prolon-
gara más allá de esa fecha, el gobierno de Franco se negó siste-
máticamente a cualquier prórroga después del 31 de agosto. Esa
misma noche, en la madrugada del 1 de setiembre, el Ejército
alemán invadía Polonia por la frontera de Silesia y comenzaba
la II Guerra Mundial. Los cuadros del Prado fueron precipita-
damente embalados de nuevo y cargados en un tren especial con
destino a España, que cruzó, con todas las luces apagadas para
evitar los bombardeos, el territorio de Francia, ya en guerra. El

día 9 de setiembre llegaban las obras de arte a la estación del Príncipe Pío en Madrid. Si entre ellas se encontraba o no la tela auténtica de El Jardín de Villa Médicis, *es algo que dejo, naturalmente, a la consideración del lector.*